다시, 발산리에서

시와소금 산문선 · 015

최영식 산문집

시와소금

▌우안 최영식

- 1973년 소헌 박건서 화백께 사사(師事)하고 1974년 국전 입선하며 자연을 스승으로 삼아 소의 걸음으로 지금에 이르렀다.
- 2007년 강원일보 초대전 『소의 눈, 솔의 눈을 보다』, 2008년 이탈리아 로마 국립동양예술박물관 초대전 『한국의 소나무』, 2015년 화천산천어축제 초대전 『만파식송전』, 2017년 김유정 80주기 산동백 초대전, 2017년 송암아트리움 초대전 『한 점의 생각 솔숲에 들다』, 2018년 강원일보 초대전 『수류화개(水流花開)』외 25회 개인전을 가졌고, 다수의 국제전과 단체전에 참여했다.
- 2017년 산문집 『바위를 뚫고 솟는 샘물처럼』, 화문집 『한 점의 생각 솔숲에 들다』, 2018년 우안화첩 『수류화개』를 발간했다.

- 전자주소 : wooan7@daum.net
- 주소 : 24346 강원도 춘천시 옥천길 25-1 (우안화실)

예로부터 동양에서는 화가는 그림을 손으로 그리는 게 아니라 발로 그린다는 말이 통용되었다. 명나라 시대의 서예가이자 화가였던 동기창(董其昌)은 그의 저서 '화지(畵旨)'에서 '독만권서 행만리로(讀萬卷書 行萬里路)' 즉 만 권의 책을 읽고 만 리의 길을 걸으며 가슴 속에서 속세의 찌꺼기를 털어버리면 저절로 언덕과 구렁이 그 안에서 지어지고 윤곽과 경계가 이루어져 손을 따라 그려갈 수 있으니 모두 산수의 전신[傳神]이 된다고 했다. 어찌 보면 동양의 산수화에는 인문학의 모든 것이 담겨 있다고 해도 과언이 아닐 것이다.

젊은 시절 화가로서의 내 꿈은 방방곡곡을 걸어서 답사하며, 우리의 산수(山水)를 현장에서 화폭에 담는 것이었다. 제2의 겸재(謙齋)이고 싶었고, 고산자 김정호 선생이 대동여지도를 만드느라 기울인 노고를 나 역시 감당하고 싶었다. 허나 현실이 녹록하지 않아 나는 늘 여행에 목이 말랐다. 다행히 춘천의 빼어난 자연이 있어서 갈증을 다소나마 해소할 수는 있었다.

삼악산, 의암, 검봉, 오봉산의 기암과 수려한 계곡, 폭포와 호수 등을 화폭에 부지런히 담았다. 정선의 화암, 몰운대, 내·외설악도 드물게 화폭에 올렸다. 45년 화필 생애에 절반이 넘는 기간 동안 춘천과 강원도 내에서 맴돌았다. 다행인 것은 넓게 못 다닌 대신 깊게 파고들다 보니, 등선계곡의 폭포 여섯 개와 옥녀담을 찾아내고 곡운구곡의 위치도 발굴했다. 또한 춘천시 북산면 소재 「건봉령」과

「승호대」라는 이름을 짓는 행운도 경험했다.

 '인생은 나그네길~', '가련다 떠나련다~'「하숙생」과 「유랑천리」를 나도 모르게 자주 흥얼거린 것은 풀지 못한 소원 때문이었을 것이다. 내 간절함이 하늘에 닿았는지 6년 전부터는 순전히 그림의 소재를 찾기 위한 스케치 여행을 제법 다닐 수 있게 됐다. 특히 두 차례의 광양 매화마을 답사는 내 작품에 변화를 줄 정도로 영향력이 컸다. 수십 리를 달리며 매화의 사열을 받은 그 벅찬 감동을 어떻게 화폭에 담아야 할까 고민하던 시간을 보내고 있을 즈음, 산책 중에 작품 구상에 꽤나 깊이 몰입되어 걷는 것조차 잊었던 경험도 있다. 그 후 수류화개(水流花開) 연작이 탄생했다.

 이번 산문집에는 여행기의 비중이 높다. 무딘 필치, 어설픈 표현으로 써놓은 여행 관련 글들이 긴 세월 덕분에 모아보니 꽤 많은 편이다. 삼라만상은 아는 만큼 보이기 마련이라는데, 과문한 나의 글이 과연 책으로 엮을 만한 것인가 싶어 한없이 부끄러울 뿐이다. 헤아려 살펴봐 주시길 바랄 따름이다.
 다시, 발산리에 터를 잡으며 새로운 마음으로 축적된 것을 펼치고 풀어내려 한다. 나날이 새롭고 또 새롭고자 하는 일일신우일신(日日新又日新)과 겸허(謙虛)는 늘 되새길 것이다.

               2019년 입동(立冬) 전날, 발산초려(鉢山草廬)에서

| 차례 |

| 작가의 말 |

제1부 | 나의 삶, 나의 노래

제2부 | 유적과 풍류

제3부 | 매화와 소나무를 찾아서

제5부 | 나라밖 여행

나의 삶, 나의 노래

소나무와 나한

밤새 떡가루 같은 눈이 내렸다. 새해의 기운이 담겼으니 서설(瑞雪)이겠다. 나뭇가지가 휘어지게 눈이 쌓였다. 바늘잎에, 가지에, 둥치에 눈이 뒤덮여 형체가 없다. 뭉뚱그려진 장엄한 설경일 뿐이다. 그 적요의 떡시루 위로 까마귀 한 마리가 길게 지나간다. 보청기를 끼고도 잘 듣지 못하지만 까마귀 소리는 잘 들리니 이상도 하다. 까마귀 소리를 좇으며 백두의 봉화산을 더듬다가 문득 한산(寒山)이 떠올랐다. 산과 계곡에 묻혀 겨울이면 길이 자주 끊어지는 내 사는 강원도 청평리 이곳 산막골과 천삼백 년 전 한산자가 걸인의 차림새로 숨어 살았던 천태산은 얼마나 닮았을까. 산방으로 들어와 오래 잊고 있었던 한산시를 서가에서 찾아내서 아무 데나 펼쳐본다.

한산(寒山)의 길 우스워라.
수레와 말의 자국 보이지 않네.

시내는 돌고 돌아 몇 구비,

봉우리는 첩첩이 몇 겹인가.

풀잎마다 맺힌 이슬 뚝뚝.

소나무 가지마다 바람 읊조리는데,

그 속에 길 잃고 헤매던 이 몸

그림자 돌아보며 물어보네.

'어디로 가지?'

可笑寒山路 而無車馬蹤 聯溪難記曲 疊嶂不知重

泣露千般草 吟風一樣松 此時迷徑處 形問影何從

　대자연의 유현(幽玄)과 방황하는 구도의 대비가 소싯적 처음 접했을 때처럼 가슴에 스며든다. 소나무의 읊조림은 귀에 들리는 듯하다. 한산자의 노래에는 소나무가 자주 나온다. 천태산에도 산막골처럼 소나무가 많았던 모양이다. 수십 년 소나무를 즐겨 그려와서인가. 아득한 천년의 세월이 지척으로 느껴진다.

　한산의 마음 한 자락을 잡고 산방을 멀리 벗어나니 원근의 소나무들이 한산자의 소나무처럼 다가와서는 아예 한산자가 되고 만다. 모든 나무가 구도자라고 어떤 시인은 말했는데, 소나무만큼 그 말에 어울리는 나무가 없다. 척박한 땅과 고립무원을 마다하지 않고, 때로는 은은한 선비의 선풍도골로, 때로는 사천왕의 기개로, 때로는 불퇴전의 용맹정진으로, 때로는 기괴한 장승의 풍상으로, 때로는 주화입마의 몸부림으로, 때로는 편안하고 인자한 노승의 미소로, 자신만의 인연과

숙업을 일구어나가는 수행자의 변상(變相)이 소나무 아니던가. 불가의 존상(尊像)에 빗댄다면 그 다양한 모습과 개성이 두드러진다는 점에서 소나무는 아마도 '나한'의 모습에 제일 가깝다. 생각이 여기에 이르자 설산이 청정가람으로, 소나무숲 그 속의 나한전으로 일변한다.

춘천에 나가면 국립춘천박물관엘 자주 들른다. 그곳에 있는 나한전 때문이다. 박물관 2층 상설전시실에 높이가 고작 50여 센티 크기인 나한상 30여 기가 오손도손 모여 있다. 춘천박물관의 보물이자 세상에서 내가 가장 좋아하는 보물이다. 나한들의 모습이 친근하고 정겨운 이웃들의 모습이어서다. 농부도 있고 대장장이도 있고, 머슴과 주막집 아낙과 어물전 주인과 심마니도 있다. 포대기나 두건을 쓴 나한은 할머니 같다. 잘 늙은 할아버지도 있다. 영월 창녕사지에서 나온 이 나한들은 유별나게 순박한 사람들의 향기와 영혼이 담겨 있다. 수줍은 미소를 짓는 나한도 있다.

나한이면 불보살과 동급이건만 근엄함 대신 해학이 넘친다. 들여다보고 있노라면 내 얼굴에 절로 미소가 실리고 마음이 양지바른 연못처럼 잔잔하고 따뜻해진다. 누구나 만들 수 있을 것 같은 무기교, 무형식의 소박한 자태 속에 속(俗)의 사람이건만 속되지 않고 성(聖)의 모습이 아니건만 성(聖)을 넘어서는 맑은 기운이 감돈다. 성과 속을 넘나드는 이 나한들의 모습은 신라의 솔거가 대웅전에 소나무를 그린 이래, 이 땅의 사람들과 운명을 함께 해온 조선 소나무의 모습이기도 하다. 조선의 나한이 조선의 소나무를 닮고 조선의 소나무가 조선의 나한을 따라가는 거야 당연한 일 아닌가.

그런데 너는 누구를 닮으려는가? 춘천박물관의 나한상들은 돌아서는 내게 언제나 그렇게 묻는다. 한산이 자신의 그림자에게 '어디로 가지?' 하고 물었듯이. 바람이 소나무 가지에 얹힌 눈을 털어 내자 눈보라가 안개처럼 인다. 소나무를 토닥이며 끌어안는 불음(佛音)일까. 한산이 들은 소나무의 읊조림이 그런 것이었을까.

그 소리를 눈으로 들으며 산방에 돌아와 지난 가을에 말린 산국차를 우려낸다. 나한봉, 관음봉, 문수봉, 보현봉, 비로봉을 품어 오봉산(五峰山), 산 아래 청평사(清平寺)가 있어 청평리, 청청평평(清清平平)의 땅. 내 사는 쓸쓸한 청평의 산방으로 설산의 나한 한분 내려오시면 내가 대접해 드릴 게 이 산국차 밖에 없지.

(월간 『판전』, 2014년 1월호)

나의 심우도尋牛圖

농자천하지대본(農者天下之大本)이던 시대의 자연은 가난한 속사정과는 달리 평화로움 그 자체의 모습으로 보였다. 이른 아침 소 몰고 논밭으로 나가는 농부의 모습, 석양빛을 받으며 돌아오는 풍경은 한 폭의 그림, 한국판 밀레의 '만종(晩鐘)'으로 느껴진다.

자연의 변화에 순응하며 영위하는 삶은 꾸밈과 거짓이 필요 없었다. 이른 봄 나무꾼이 양지쪽 일찍 피어난 진달래를 꺾어 나뭇짐에 꽂고 내려오는 소박한 멋을 간직했다. 일의 고달픔과 배부르지 못함에 가난을 숙명으로 알아 일찍 받아들였다. 그럼에도 각박함보다는 인정과 여유가 배어있는 생활이었다.

농가에서 빼어놓을 수 없는 것 중에 소가 있다. 오랜 옛날부터 힘든 일은 도맡아 해온 짐승이다. 한국 농촌의 평화로운 정경은 소가 있으므로 그렇게 보였다고 해도 과언이 아니다. 하나의 특징이 되었다. 그 순한 성품과 꾸준함은 은근과 끈기가 우리 민족성의 장점이라고 말할 때 일맥상통하는 것을 알게 된다.

불교에서는 진아(眞我)를 소에 비유한다. 대웅전 외벽에 십우도(十牛圖) 또는 심우도(尋牛圖)라 해서 동자가 잃어버린 소를 찾아가는 그림이 그려져 있다. 그 잃어버린 것은 소가 아니라 마음이다. 불교의 수행 과정을 열 가지 그림으로 알기 쉽게 나타냈다.

소는 태어나서 사라질 때까지 자신을 위해서 하는 것이 없다. 고작 지상의 많은 먹을거리들 중에서 풀이나 뜯어 먹지만 그것조차 자신을 살찌우기 위함만은 아니다. 뿔이 있다지만 쓰임을 잃었다. 죽은 다음에야 쓸모를 얻는다. 그 커다란 덩치가 딱할 지경으로 작은 아이의 몸짓에도 순종한다. 꼬리는 파리 떼를 쫓기에도 부족하다.

평생을 힘든 일에서 헤어나지 못하며 죽어서는 한 가지도 버릴 것이 없다. 고기며 가죽, 힘줄과 꼬리, 모두가 유용하게 쓰인다. 철저한 희생은 차라리 초월적이다. 소와 같은 쓰임의 짐승이 또 있는지 모르겠다.

도축장에서 소가 눈물을 흘리는 걸 본 적이 있는가. 어릴 적 교외에 있는 도축장에 우연히 갔다가 보았던 기억이 지금도 선명하다. 그 투명하리만치 순한 눈망울에 눈물이 흘렀다. 아마도 가장 처연한 슬픔의 모습일 게다. 한국의 소들이 유독 무거운 멍에를 지었던 것은 우리의 빈곤함을 그의 등에다 대부분 의지할 수밖에 없었기 때문일 터이다.

우안(牛眼)이라는 아호를 쓴지가 4년이 된다. 90년부터 쓰기 시작했다. 그전엔 은사인 소헌 선생님으로부터 받은 보헌(甫軒)이란 호를 써왔었다. 74년 무렵 국전에 출품하면서 사용하게 된 걸로 기억된다. 현재 화단의 노대가인 운보(雲甫)화백이 듣지 못하는 신체적 결함을 극복한 것을 본받고 노력하라는 격려가 담겨 있다. 용기를 많이 얻었다. 운보(雲甫)의 보(甫)와 소헌(小軒)의 헌(軒)을 합쳐 보헌이라 한 것이다.

십여 년 이상을 쓰며 부지런히 그림을 그렸다. 그러나 어느 때부터인가 싫증이 나기 시작했다. 오래 쓰면 생기는 싫증 같은 거였다. 새로운 모색을 하고 싶었고 그 계기를 찾아보았다. 그러나 쉽지가 않았다. 스스로 궁리도 해보고 다른 사람이 제시하기도 했으나 마음에 드는 것이 없었다.

대체로 호를 바꾸는 것은 변화의 징조를 나타내게 마련이다. 80년대가 다 지나도록 기회가 오지 않았다. 90년대엔 변화를 추구해야 한다는 초조감도 있었다. 그런데 89년 늦가을쯤 뜻밖에도 춘천교대의 박동련 교수께서 내 눈이 소눈을 닮았다고 우안(牛眼)이란 호를 지어주셨다. 마음에 들었다,

처음엔 막연히 나와 궁합이 잘 맞아 떨어지는 호라고 생각하였으나 사용해가면서 그것만이 아님을, 그 안에 담긴 깊이와 무게를 점차 깨닫게 된다. 가장 한국적인 짐승이 소이다. 소는 서두름이 없다. 말은 빨리 달리는 대신 오래 쉬어야한다. 서둘지 않고 쉬지 않는 소의 우직함은 내게 교훈이 된다. 우공이산(愚公移山)의 고사와도 상통한다. 자기희생이 초월정신으로 승화됨은 어떤가. 내게 주어진 운명처럼 여겨진다.

소와 소나무는 한국적 표상이다. 과거와 같은 쓸모를 많이 잃었으나 이 시대에도 이 둘을 따라갈 것이 없다. 언젠가는 솔숲에 소가 노니는 작품을 그릴 것이다. 전(前)시대의 유물로서가 아닌 새로운 미의 세계

로 표현해 보고 싶다. 변함없는 중에 끊임없이 성장하는 소나무, 자신을 위해 아무것도 할 줄 모르는 소, 그 둘의 만남은 의미가 깊을 것이다.

작품으로 나오지 않아도 좋다. 마음속에 늘 살고 있을 터이니까. 나를 버리는 과제가 평생의 숙제이다. 그건 소한테 배워야 한다. 자연을 배우는 것도 된다. 욕심으로 가득 찬 세상에서 역행적 사고라 해도 좋다.

서울에 가면 소나무가 조경수로 많이 심어져 있다. 도심의 빌딩과 부조화를 보이지 않음에 신기할 정도이다. 새로운 쓰임을 발견한다. 어울리지 않을 거라는 선입견을 깨고 서 있는 모습은 경이롭다.

힘든 일에서 벗어난 소의 또 다른 가치는 어떻게 찾을 것인가. 한국화의 현재를 말해주는 듯 여겨진다. 내 것의 자리매김에 인색한 시대에서 지키고 가꾸고 뻗어 나가며 의미 부여를 새로이 해나가는 자세를 잃지 않으려 한다.

(『소양문학』, 1993년 제5집)

나와 무위당无爲堂

　무위당 장일순 선생께서 '인우구불견(人牛俱不見)'이라는 글귀를 휘호를 해 보내주시어 표구하여 걸어 놓은 지 벌써 9년이 된다. 거철 선사의 화백우도송(和白牛圖頌) 중에서 아홉 번째에 해당하는 것인데 뒤에 '유일원상(唯一圓相)'이란 대귀가 더 붙어 있으나 앞부분만 쓰셨다. 「사람과 소 모두 보이지 않고 오직 하나의 원상뿐이다」라는 뜻을 가졌다.

　일원상(一圓相)은 태허(太虛)를 나타내고 도의 완전한 이름을 상징한 것으로 너와 내가 따로 있지 않은 경지, 내가 소나무를 그린다면 소나무와 하나가 된 세계를 이루라는 선생님의 간곡하며 따뜻한 격려가 담겨 있어 볼 때마다 옷깃을 여미고 마음을 가다듬게 된다. 아주 어려운 과제를 던져주신 셈이다.

　화단(畵壇)에 발을 들여놓은 게 엊그제 같은데 벌써 20년이 되었다. 소헌(小軒) 선생님이 미국으로 떠나시고 부모 잃은 아이와 다를 바가 없었다. 세상 물정을 모름은 물론이고 경제적 곤궁에, 공부한 것은 너무도 보잘 것 없었으며 가르친다는 일이 듣지 못하는 결함과 겹쳐 힘들었다.

열심히 공부하고 가르치는 생활, 아무리 어려움이 많아도 희망이 있기에 견뎌 나갔다. 형편이 조금씩 풀려가면서 책을 사보는 기쁨이 따랐다. 얼마나 읽고 싶은 책들이 많았던가. 내 손으로 책을 고르고 사볼 수 있다는 것이 꿈만 같았다. 한 번도 먹고 입는 것에 신경을 써본 적이 없다. 입는 것은 몸만 가리면 되었고 먹는 것은 배만 고프지 않으면 되었으니까. 그림을 마음 놓고 그릴 수 있으며 책을 끊임없이 사 읽을 수 있음이 모든 고통을 잊게 해 주었다. 그러한 속에서도 무언지 모를 갈망이 내부 깊숙한 곳에서 똬리를 틀고 앉아 나를 닦아 세우며 시간은 흘러만 갔다.

무위당(无爲堂) 선생님을 뵙게 된 것은 80년대 초입에 들어서였다. 춘천에서 있었던 강원도 서화전에 작품을 내시고 둘러보러 오셨다가 회원들과 회식이 있었을 때 나와 가까운 곳에 앉게 되셨다. 먼저 내 작품에 관심을 드러내며 말씀해 주셨다. 작품은 좋은데 조금 더 단순화시켜 보라는 의견을 주시어 이에 내 생각을 피력했다.

"한국의 서화가들은 너무 조급하다. 눈 밝고 힘 있을 때에 치밀한 작품을 하지 않고 단순화시키는 데에 급급해 시간이 흐르면 조로증에 빠져 작품을 하지 못하는 것을 많이 보게 된다. 단순화는 연륜이 익어 가며 자연스럽게 되는 것이 바람직한 일이 아닌가." 라는 내용으로 기억된다. 무위당께서는 내 무릎을 치며 찬동해 주셨다.

운명적인 만남은 이렇게 시작되었다. 내가 원주로 찾아뵈었고, 춘천에 오시면 들르시거나 불러내셨다. 그런 세월이 어느덧 십여 년을 넘어섰고 알 수 없었던 갈증은 조금씩 사라져 갔다. 늘 존경할만한 분들이 없다고 한탄을 했었는데 선생님을 만나고부터 존경과 기쁨, 용기를 받았으며 언제나 기운이 솟아났다. 넉넉한 마음을 가질 수 있었다.

자연에 관한 나름대로의 모색, 생명에 대한 체계 없는 막연한 외경감, 민족성에 관심을 가지며 갈피를 잡지 못하던 것들이 만남을 거듭함에 따라 점차 가닥을 잡아감을 체감하게 됐다. 해월(海月) 선생에 대해 눈뜸은 오로지 무위당 선생님을 통해서이다. 늘 해월선사의 초상을 곁에 걸어놓고 사시며 생명 사상을 간명하게 들려주시곤 하셨다. 스스로 해월의 풍모를 닮아 가시는 모습을 지켜보며 감명을 받기도 했다.

선생님은 무위(无爲)의 큰 그늘을 드리우고 조 한 알에도 우주의 생명이 숨 쉬고 있음을 깨우쳐 주고 가셨다. 큰 것만을 우러르고 추종하는 세상에서 작은 것 그것도 생명이 있는 것은 무엇이든 소중하지 않음이 없다는 것을 보여주셨고 큰 사랑은 오히려 하찮은 데, 낮은 데, 꾸밈없는 데 있음을 일러주곤 하셨다. 사람의 지위고하, 연령의 다소, 유무식을 따지지 않으셨다. 고루 누구에게나 모시는 삶으로 일관하신 분이다. 그러나 사람만을 모신 것이 아니다. 생명이 있는 모든 것을 그분은 모시는 마음으로 대하셨다. 말은 쉬워도 실천하기는 어려운 일을 생활 속에서 이루셨다.

내 삶엔 한 번도 일등이란 게 없었다. 일등은커녕 꼴지 쪽에서 맴돌았다. 모든 면에서 사회가 요구하는 수준에 미달인 채 육신조차 건강함을 지녀보지 못하고 살아가며, 늘 상처받고 자신감을 가져본다는 것은 희망사항에 불과할 밖에, 어쩔 수 없는 체념과 자학도 많았다. 그런 자의식이 무위당 선생님과의 만남을 통해서 소멸되어 갔으며 나름대로의 역할을 깨달아 가는 중이다.

"악과 선의 관계는 사실은 표리관계인데, 악이 있으니까 선이 있고 선이 있으니까 악이 있단 말이지. 그런데 지금 학교에서 맨날 1등만 하라고 하고 그 이하는 무시하게 되니까 심각한 문제가 되지 않아요? 오늘날 모든 문제가 바로 거기 있는 건데, 풀 하나도 우주 전체의 존재가 있음으로 해서 엄연히 존재하는 바에야 풀 하나도 섬김이 가야 되잖아요. 그래야 그 풀이 사람을 반기게 되고 할 텐데 말이야. 식물도 애정을 가지고 귀하게 여겼을 때는 즐거워한다고 하거든. 그런 걸 알면 선악 얘기는 할 필요도 없지. 저놈 나쁜 놈이야 하면 절대로 변하지 않는다구. 그러나 아 자네 얼마나 고달픈가 하고 받아들이면 스스로 화냈던 것, 욕심냈던 것들이 다 풀리거든. 그래서 둘이 다 좋아진단 말이지. 차원이 달라지잖아요. 요새 일등만 하라고 하다가 인간사회에 또 자연과의 관계에서 공해를 엄청나게 가져오지 않았어요? 일등만 하면 다른 건 다 지배해도 좋고, 가져도 좋은 것으로 알고, 남을 하대해도 되는 걸로 알고 말이지. 이기면 다 된다는 것이지. 이기긴 누구를 이긴다는 것인지. 우리의 과제는 이기고지는 문제를 넘어가야 하는 것이라고 봐요."

이런 말씀을 들으면 자연스레 가치관이 바뀌게 마련이다. 나 같은 사람은 기운이 난다. 우리 사회의 모순이 어디에서부터 비롯되었나 알게 된다.

지난 5월에 영면(永眠)하신 후 한동안은 마음을 가누기 어려웠다. 가신 다음에야 내게 얼마나 큰 자리로 계셨던가를 느낄 수 있었다. 선생님과의 여러 가지 얽힌 사연들이 주마등처럼 떠오른다.

내겐 서화가(書畵家)로서 훌륭한 선배셨고 삶의 스승이었다. 독창적인 서체와 묵란을 치셨고 참으로 겸허(謙虛)한 삶을 사셨다. 어떻게 유지를 이어갈 것인가가 내가 풀어야 할 숙제이다.

인간적인, 너무도 인간적이셨던 분. 돌아가셨어도 그분의 숨결은 내게 언제까지나 남아있을 것이다.

(『소양문학』, 1994년 제6집)

내 영혼의 요람, 강촌

60년대 후반의 강촌은 물깨말이라는 토속 이름이 더 잘 어울리는, 나룻배가 강을 오가며 사람을 태워 나르던 강마을이었다. 물새들이 한가롭게 날아오르고 버드나무가 바람에 몸을 맡기며 우아하게 춤을 췄다. 그냥 떠먹어도 좋을 맑은 개울엔 물 반 고기 반이란 말이 실감나는, 관광지라는 말은 전혀 어울리지 않는 곳이었다.

다만 일반 마을과 다른 점은 강가 절벽에 튼 새 둥지 같은 간이역이 있고, 동네 쪽으로 철로가 들어와 그 주변에 탄광으로 실어갈 갱목이 산더미처럼 쌓였었다. 산판에서 화물 트럭으로 실어와 부려놓고, 그 나무를 화차에 올리는 하역일이 꾸준히 이뤄졌다. 그리고 동네로 들어오는 초입에 구멍가게 하나와 술과 음식을 같이 팔며 색시도 있는 허름한 가게 몇 집이 길가에 나란히 자리 잡아서 짧은 주막거리를 만들었다.

겨울이면 땔나무를 하러 말골, 마당재, 검봉의 골짜기로 다니고 다른 계절엔 닥치는 대로 잡일을 했다. 농사일은 물론이고 공사판, 산판, 역에서 화물을 내리고 올리는 일도 손이 달릴 때면 가끔씩 했다. 물깨말에서도 가장 빈곤한 형편이었으니까. 춥고 배고팠던 시절이다. 실낱 같은 빛도 찾을 수 없는 첩첩의 어둠 속에 갇혔던 지옥 같은 현실과는 무관하게 강촌의 산과 강, 그 풍광은 어찌나 서럽도록 아름답던지, 어디를 보아도 빼어난 산수가 내 허기진 영육을 다독여줬다.

원시의 구곡폭포에서 돌담집을 지어놓고 가을부터 봄까지 지낸 경험이 있다. 한겨울 폭설이 내려 좁고 깊은 구곡의 계곡은 절벽과 나무와 눈뿐이었는데 홀로 지내며 삶이란 무엇인가 화두를 무겁게 지고서 나도 절벽이 되었고 나무가 되기도 했다가 눈 속에 파묻히기도 했다. 숨 쉬고 견디는 것이 힘겨웠던 때다.

절망을 이기기 위해 틈만 나면 배우지도 못한 그림을 그렸었다. 로망롤랑이 쓴 베토벤 전기를 읽으며 빛을 찾았고 프랑스 명화전, 밀레 특별전을 다룬, 이웃집이 보는 신문에서 칼라로 인쇄된 밀레의 그림들을 접하며 사로잡혔고 한국의 밀레를 꿈꾸던 날들이 강촌에서 있었다. 당시 환경에서는 터무니없는 꿈에 불과했을지라도 그런 꿈이 춘천 요선동에 있던 묵촌회 서화연구소와 인연이 닿게 해 소헌 선생님 문하에서 한국화의 첫발을 디디게 만들었다.

강촌에서 통학 기차를 타고 가 막차로 돌아오던 3년간은 목숨을 걸다시피 하며 붓을 잡았다. 내게 주어진 처음이자 마지막 기회라고 여겼으니까. 그림을 시작한 후부터 서럽도록 아름답기만 하던 검봉산과 삼악산, 봉화산, 구곡폭포와 등선폭포는 산수화의 살아있는 교재가 되었다. 희망은 모든 고난을 달게 견딜 수 있는 힘을 주었다. 북한강은 절망과 비감, 번민과 외로움을 흘려보내고 방황하는 영혼을 정화 시켜 줬다. 자연스럽게 강촌은 내 예술을 태동한 요람이 된 것이다.

현수교가 북한강을 가로지르고 강촌은 점차 관광지로 바뀌어 가던 초기에 춘천으로 삶의 터전을 옮겼다. 칠십 년대 중반이다. 30여 년이 넘는 동안 현수교는 견고한 철근콘크리트 다리로 진화하고 강촌은 국민 관광지로 인기를 끌며 그에 따른 준비 없는 변화의 물결에 휩쓸린다.

유명한 관광지가 다 그렇듯 강촌도 음식점이며 숙박업소가 우후죽순처럼 들어섰다. 옛 모습의 자취는 자연을 빼면 찾기 어렵다. 강촌만이 가지는 특성은 당초 없었다. 시류에 따라가기도 바빴으니까. 그랬던 강촌이 경춘선 복선화로 인해 어떻게 변화할 것인가 시험에 직면해 있다. 강촌역이 마을 안쪽으로 옮겨지며 강변의 역은 폐쇄된다. 방향을 새롭게 잡아야 하는 춘천시와 강촌 주민에게 주어진 시험이며 숙제인 것이다. 강촌만의 개성을 만들고 거듭날 수 있는 기회이기도 하다.

이럴 때를 기다리기라도 한 듯 『강촌문화』 창간호가 나온다. 첫 호는 문학 편으로 강촌을 노래한 시와 수필을 모아 묶었다. '구슬이 서 말이라도 꿰어야 보배다' 라고 하듯이 그동안 강촌을 소재로 한 문학 작품들이 많았으나 흩어져 있어서 빛이 나질 않았다. 뜻있는 주민들이 모여 <강촌문화마당>이란 모임을 만들어 '강촌에 살고 싶네 노래비' 를 세웠고 더 깊이 더 넓게 문화와 예술을 접목시키고자 『강촌문화』를 펴내게 된 것이다. 시를 새긴 '서각전' 도 강변의 역사에서 가질 터이다.

문화와 예술이 강촌의 자연과 어우러져 더 풍성하고 돋보이게 만들어 주며, 그로 인해 더 많은 이들에게 사랑받고 아낌을 받는 관광지가 되기를 바란다. 강촌은 휴식과 평안, 행복을 충전하는 곳으로 인식되고 사랑이 맺어지는 연인들의 순례지가 되었으면 좋겠다.

내 예술과 영혼의 두 스승

경칩을 넘기고도 닷새가 더 지났다. 남녘에서 전해오는 매화, 동백, 수선화의 꽃소식은 어느새 신선도가 떨어지고 목련도 만개했다는 사진이 올라온다. 19년을 살다가 나온 산막골에 지천으로 널려있는 알싸하고 산뜻한 산동백이 노란 꽃망울을 터트렸을 것이다.

발산리에서 처음 맞이하는 봄이다. 산수유가 부풀어 오른 것이 보였다. 산수유보다 간발의 차이로 앞서 피는 산동백을 볼 수 있을까 싶어 발산 능선에 올라가서 살펴봤다. 이런! 아예 산동백나무가 없었다. 어디나 있는 흔한 나무는 아니지만 서식 밀도의 차이일 뿐 그렇다고 희귀한 나무는 아니기에 의외라는 생각이 들었다.

김유정의 문학을 알기도 전부터 동백꽃은 내게 각별한 존재였다. 강촌에 살며 춥고 배고프던 십 대 후반 시절, 겨울 동안 집안의 난방을 책임진 처지라 땔나무를 하러 다니는 게 가장 큰 일이었다. 검봉산이며 마당재, 앞산과 말골까지가 나무하러 다니는 구역이었다. 겨우내 나뭇짐의 무게 이상으로 힘겨운 겨울나기 후 봄이라고 특별히 달라질 게 없건만 그래도 간절하게 기다려졌다. 그 첫 가시적 징조가 산동백이 꽃봉오리 맺히고 피어나는 것이었다.

김유정과 첫 인연은 그의 작품이 아니라 안회남의 「김유정전」을 통해서였다. 우연히 접한 월간지 『현대문학』으로 기억한다. 사는 것이 가장 힘겨웠던 시절에 내게 와 꽂힌 건 유정이 작고하기 몇 달 전, 벽에 써 붙였다는 〈겸허〉였다. 60년대 말이나 70년대 초반 사이쯤이었다. 사방이 막혀있고 길이 안 보이던 절망의 때여서 어떻게 죽을까만 궁리하던 시기다.

"살려고 살려고 부둥부둥 애를 쓰던 유정도 나중에는 각오했던 모양이다. 그의 머리맡 벽 위에는 어느 사이에 겸허 두 글자의 좌우명이 붙어 있었다. 나는 이것에 대하여 유정 자신의 설명을 들은 일이 없다. 그러나 송장이 다 된 유정의 머리맡에서 이 두 글자를 보았을 때 그때처럼 나의 가슴이 무거운 때는 없었고 지금에도 그것을 되풀이하면 여전히 암담하다. 아아 멍하니 크게 뜬 그의 눈동자, 다른 사람이 아니고 유정이 자기의 죽음을 알고 그것을 각오하였다는 것은 참 불쌍하다. 그리고 모든 것을 단념하고 자기를 극도로 낮추어서 세상의 온갖 것에 머리를 숙이고 무릎을 꿇으려는 그 겸손한 마음이여, 이것은 정말 옳고 착하고 아름다운 태도이다."

이 내용이 가슴 속에 깊이 각인되어 있었다.

김유정 문학촌이 개관하고 생가와 기념관이 세워졌다. 유품도 없고 전시물은 초라했다. 생가는 더구나 건물뿐이다. 가슴에 각인된 안회남의 「김유정전」 일부를 옮겨놓은 저 대목을 화선지에 붓으로 써서 대, 소, 두 점을 기증했다. 문학촌에서는 액자로 표구해 생가 안방과 대청마루에 걸어놨다. 이 '겸허'가 김유정 100주기 기념세미나에 참석했던 김우창 교수의 눈에 띄어 글이 써지고 그 글이 고등학교 국어 교과서에 실리는 일이 생겼다.

기념관은 간판이 없어서 문인들이 '유정사'라고 부르는 걸 알고는 또 자청해서 '김유정기념전시관' 현판을 썼다. '겸허' 글씨는 화선지에 인쇄되어 기념품으로 판매되고 있다.

최종남 선생이 문학촌 첫 사무국장으로 있었기에 자주 들르며 무조건 헌신하는 그 순수함에 감명 받고 문학촌에 정이 들며 기여할 마음도 절로 솟아난 것이다. 이런 과정을 잘 아는 전상국 촌장님은 문학촌에 필요한 글씨는 내게 맡기셨다. 〈김유정기념사업회〉 로고 글씨, 〈김유정이야기집〉 현판 글씨도 쓰게 된 연유다. 더해서 〈김유정 우체국〉 글씨까지 전 촌장님 천거로 쓰게 된다.

김유정 80주기를 기념하여 추모제 기간에 동백꽃을 소재로 한 문인화 기획초대전을 낭만누리 전시실에서 가졌다. 산동백을 문인화 소재로 삼은 경우는 없었으니 최초이겠다. 더러는 산동백에 매화, 대나무, 진달래, 소나무가 함께 하는 구성을 펼쳤다. 바위가 곁들여짐은 당연하다. 세 폭엔 박수근 화백의 인물을 그 화풍대로 빌려와 넣는 시도를 해봤다. 점순이다. 박 화백 작품엔 점순이라고 여길 흰 저고리, 검정 치마, 검정 고무신에 단발머리의 소녀가 여럿 나온다. 아이를 업고 있거나 책을 읽고 있는 모습, 놀고 있는 모습 등 다양하다. 어디 점순이뿐이겠는가. 욕쟁이 봉필 영감같은 인물도 있고 주막집 주모, 덕돌이, 덕만이, 점순이가 좋아한 소작농집 소년도 보인다. 유정이 소설 속에 삼십 년대 인물과 삶을 묘사했다면, 수근은 동시대를 화폭에 담았다 하리라. 유정의 글 속에 박수근의 인물들이 생생하고, 수근의 인물들엔 김유정이 풀어낸 사연들이 흠뻑 스며있다.

김유정은 겸허를 통해서 내 삶의 질곡을 이겨내는 데 큰 힘을 주었고, 향토색 짙은 그 문학의 향기로 인해 춘천인으로 자부심을 가지게 만들었다.

박수근은 나와 같은 국졸 학력의 선배로 한국적 정서를 가장 잘 담아낸 독창성에 감동했으며 또한 박 화백의 은사인 오득영 선생의 아낌과 격려를 받았다. 이은무 시인과 함께 박수근 생가 터와 나목의 작가로 즐겨 그렸다는 느티나무를 확인하고, 이 시인이 월간 『태백』 2호에 기고해 널리 알렸다. 보호수로 안내판까지 세우게 된다. 그 후 생가터엔 박수근미술관이 들어선다.

37년 29세로 요절한 김유정과는 같은 시대를 못 누렸지만 박수근은 65년 51세로 작고, 비록 대면은 못 했으나 같은 공기를 마실 수 있었다. 나는 74년 23회 국전에 입선했다. 화단 입문 9년 전에 박 화백이 생을 마감했으니 긴 기간은 아니다. 두 천재의 영향력은 작품 활동을 해오는 내내 막대했다. 내 의식의 지근거리에 늘 위치해 자극을 받았다. 해마다 봄이 되면 더욱 그리워지는 이름들이다.

깊은 산막골에서 들판의 발산리까지

제 몸에서 가장 먼 곳까지 / 그러니까 / 하늘에서 가장 가까운 곳까
지 / 꽃을 쥔 손을 뻗었다가 / 가만 펼쳐 보이는 / 꽃나무처럼
— 복효근, 「간절하게 참 아득하게」 전문

새천년을 강조하던 2000년을 맞이했고 봄기운이 감도는 4월 초순,
소양호 안쪽 옛 화전민 마을이던 깊은 산촌으로 들어갔다. 꼬박 19년
을 살고 2018년 11월 중순에 소양호 바깥쪽인 춘천 시내 근교로 나왔
다. 40대 후반에 세상과 단절하는 은거를 선택, 60대 후반에 세상과
다시 만났다. 살아가는데 어떤 생계 대책도 없는 상태로 실오리만 한
연관도 없는 생판 낯선 산막골로 들어갔다. 결혼 후 내내 밑 빠진 독
같은 생활이었다. 최선을 다해도 나아지는 기미는커녕 소양로 2가 땅
에 무모하게 지하 1층 지상 3층 집을 지었다가 날리고 겨우 동면 가산
리로 나가 아파트 전세로 살아야 했다.

산막골로 들어간 지 3개월, 간신히 자리를 잡았는데, 새벽에 후배와 제자 몇이 들어와 시내로 끌어냈다. 거액의 고리채 빚이 드러났다는 거다. 작품에만 전념하고자 세상을 등지고 산으로 들어간 사람한테 이걸 해결하라고 나를 차에 태워 시내로 나왔다. 지옥의 수렁으로 빠져들기 시작이다. 몇 년 동안 죽기 살기로 전력을 다해 해결해 나갔다. 희로애락이 극대치로 내 몸과 마음을 넘나들었다. 영문도 모르고 빚진 죄인이 되어서다. 주색잡기를 모르고 근검절약에 그림밖에 모르는 사람에게 몰려온 시련이라 그 억울함과 분노가 하늘을 찌를 지경이었다. 삶은 고뇌의 연속이었다. 산막골 자연이 주는 위무가 아니었다면 미쳐버렸으리라.

내 삶은 언제나 간절함에서 생성되었다. 삶의 마디마다 절절이 배어 있다. 교실 네 칸인 폐교에서 철저하게 혼자 지내는 생활이었다. 그냥 죽으라는 법은 없는지 천신만고 속에 해법이 생기고 새로운 환경에서 거기에 어울리는 생활이 생겨났다. 2002년 제자가 설치해준 컴퓨터가 일등 공신 역할을 해줬다. 평생 손대지 않을 것이라 생각했던 문명의 첨단이다. 백지 상태에서 자판 연습부터 해나갔다. 홈페이지가 만들어지고 「산막골 일기」를 쓰기 시작했다. 덕분에 시내 생활보다 인연을 맺어가는 범위가 확대되었다. 틈틈이 작업한 성과로 2007년 강원일보 초대전을 가졌다. 다음 해에는 이탈리아 로마 국립동양예술박물관 초대 〈한국의 소나무〉 전을 하게 된다. 이렇게 소나무 화가로 자리매김했다.

내게서 걷기는 생애의 뼈대를 이룬다. 강촌 시절, 궁핍과 장애와 한 치 앞이 안 보이는 절벽 속에서 살기 위한 몸부림처럼 틈만 나면 무작정 걸었다. 강촌역에서 백양리 방향으로 철길을 걸었고, 말골까지 강변으로 이어지는 길을 걷기도 했다. 구곡폭포까지 걷고, 등선폭포까지 걸었다. 시내 나와서는 소양로 강변길을 걷고 봉의산을 오르내렸다. 소양로 2가 지성병원 이웃에 집이 있었다. 올미솔밭까지 걸어서 다녀오기도 했다. 남춘천역에서 샘밭까지 걷는 일도 있었다. 감당할 수 없는 벽에 부딪히면 걸으며 풀어갔다. 그림 공부하러 다닐 때 남춘천역에서 요선동까지 몇 년을 걸어서 오갔다. 산막골 들어가서도 걷기가 주요 일과였다. 초기엔 부귀리 솔모정까지 오전 오후 두 차례씩 걸었다. 왕복 10킬로가 넘는다. 매일 50리를 걸은 것이다.

발산리로 나와서도 걷기는 이어지고 있다. 들판에는 무수한 길이 있다. 같은 길을 몇 번씩 걷기도 하지만 안 가 본 길을 더 많이 택하는 편이다. 걸으며 무언가 세우기도 하고 내면에 꽉 차 있는 걸 비워내기도 한다. 비워내는 쪽에 더 기울어진다. 내 삶은 명확할 때가 없었다. 언제나 잡히지 않는 아득함이 놓여있었다. 꽃가지처럼 허공에 손을 내미는 심정이었다. 이정표 없이 걷는 생애였다. 주어진 여건에서 간절함으로 받아들이고 안간힘으로 발돋움을 해가며 아득한 하늘과 조금이라도 가까워지고자 했다. 간절함과 아득함은 내 삶의 양대 지주 역할을 해줬다. 내 삶이 다하는 날까지 이어지리라.

난잎으로 칼을 얻다
— 우당 이회영과 육형제전

1월 하순, 중국 상해 대한민국임시정부 청사를 다녀온 후 2월에 덕수궁 중명전에서 열리고 있는 '난잎으로 칼을 얻다, 우당 이회영과 육형제'전을 가봤다. 중명전은 국권을 상실한 전초가 된 을사늑약을 강제로 체결당한 역사의 현장이다.

덕수궁을 가장 많이 드나들었음에도 숨어있는 듯한 건물에 아마도 그동안 개방을 안했을 것이다. 정동극장과 덕수궁 사이에 있는 낮고 고풍스런 담장에는 참새 수십 마리가 사람을 의식하지 않고 평화롭게 놀고 있어서 시선을 끌었다.

중명전 2층에 마련된 전시장은 치장 없는 합판과 각목만으로 꾸몄는데 그것이 분위기를 숙연하게 만들었다. 사진관에서 찍은 것으로 보이는 단 한 장의 우당의 사진으로부터 동선이 시작된다. 그의 유품이라곤 여순 감옥에서 순국할 때 입었던 옷 한 벌과 부채에 그린 묵란을 포함해 묵란도 다섯 점, 벼루와 인장이 다였다.

육형제가 남긴 것도 극히 적거나 없어서 진열 공간은 여백이 많았다. 그 여백은 꽉 채운 것보다 울림이 더 컸다. 독립투쟁을 하며 극도로 빈궁할 때 중국인한테 묵란도를 팔아 군자금을 마련했다고 한다. 그만한 가치를 가진 솜씨다. 전시 명제인 '난잎으로 칼을 얻다'도 그래서 나온 것이다. 우당의 난은 지금까지 전혀 알려져 있지 않았다. 이번 전시를 통해서 처음 빛을 본다.

무기를 잡던 손에 붓을 들면 칼날 같은 난잎이 허공을 찌른다. 그 기백이 서늘하다. 몇 잎의 난으로는 성에 안 차기에 총란(叢蘭)들이다. 바위와 어울려 난잎이 무성하다. 독립 정신이 남녀노소 가림 없이 의기를 가지고 뭉쳐지기를 염원한 것이 아닐까. 그 많은 크고 작은 날이 선 난잎을 보면 혼이 살아있다. 우당의 난은 단엽이 전혀 없다. 결코 부드럽고 고아한 난은 아니다. 비분강개를 난잎에 품었지 싶다.

조선 최고의 가문, 조선 최고의 부자, 조선 최고의 형제. 그럼에도 과연 우당 가문을 얼마나 많이 알고 있는가. 우당에 관해서는 오래 전부터 좀 알고 있다고 여겼으나 형제는 초대 부통령을 지낸 이시영 말고는 거의 몰랐다. 우당의 부인 이은숙 여사가 쓴 '서간도 시종기'라는 책이 진작에 나온 걸 이번에야 알았고 육필 원고를 볼 수 있었다. 우당의 묵란도를 보며 착잡하고 많은 생각을 하게 된다.

백범 김구 선생이나 안중근 의사가 명필이었듯 애국심과 고귀한 혼이 들어가면 특별해진다. 예술을 넘어선다. 우당의 묵란을 보면서 다시 새롭게 확인한다. 기교가 승한 난은 많아도 정신이 깃든 난은 희귀하다. 유독 난이란 소재가 가지는 까다로움이기도 하다. 현대엔 무위당 장일순 선생의 민중난이 주목을 끌게 되는 연유겠다. 정소남의 노근난이 시사하는 것은 무엇이겠는가.

문인화가 뿌리를 잃고 부유하는 원인도 미감을 찾는 안목과 근원이 메말라 있어서라고 본다. 선비 정신을 새롭게 해석하고 이어가는 방법론이 절실한 시대다. 삶과 철학과 예술이 제대로 접목되어야 하리라. 그렇지 못함으로 감동은커녕 공허해진다.

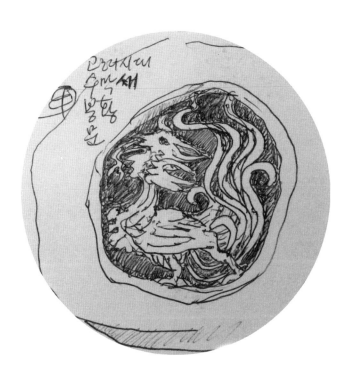

효창공원을 찾다

― 백범 김구 선생 묘소 참배

확실히 때와 흐름이 있는 듯하다. 중국 상해 임시정부를 방문하고 덕수궁 중명전에서 열리고 있는 우당 이회영 6형제전을 보면서 효창공원을 여태껏 못 가봤다는 생각이 떠올랐고 내친 김에 발걸음을 했다. 효창공원도 오랫동안 벼르기만 하다 늦었지만 행보를 하게 된 거다.

축구 경기장으로 유명한 효창구장이 먼저 눈에 들어왔고 운동장을 둘러싸듯 공원이 만들어져 있었다. 먼저 백범 묘소부터 들렀다. 묘소 초입에는 이봉창 의사의 동상이 폭탄을 던지고자 한 팔을 들고 몸을 뒤로 젖히는 모습으로 세워져 있었다. 백범기념관이 정기휴관일이라 울타리 밖에서 봤지만 앞부분에 여섯 개의 원주 기둥이 그리스 신전을 닮은 백색 건물로 당당한 모습이어서 흐뭇했다. 동판으로 만든 간판이 붓글씨가 아니기에 아쉬웠다. 그 많은 훌륭한 서예가들은 뭐에 소용되기에 놔두는가 싶다. 백범 글씨를 집자해 사용해도 됐으리라. 당신이 명필 반열에 있는 분이다.

묘소로 올라가는 계단이 낮아서 발걸음이 참 편했다. 계단 양 옆으론 잘 다듬어진 반송이 나란히 심어져 있다. 공원을 찾은 시민들이 많았으나 참배객은 나뿐이다. 묘소엔 시든 국화꽃 한 송이가 놓여 있었다. 양지바르고 아늑하니 명당이다. 햇빛은 밝고 부드러웠다. 백범 선생께서 반겨주시는 듯했다. 시든 국화 한 송이를 보며 헌화 준비를 못했음이 마음에 걸렸다. 정성을 다해 두 번의 큰 절을 올렸다.

묘비는 전면에 전서로 써 있는데 대한민국이 우측에 큰 글씨로 있고 좌측으로 좀 작지만 같은 체로 '임시정부 주석 김구지묘'라고 띄어쓰기 없이 자리 잡았다. 뒷면은 국한문 혼용으로 선생의 일대기가 기술되어 있다. 서예가는 누군지 모른다. 선생과 부인 최복례 여사의 합장묘다. 묘소 입구 안내판을 보고서 알았다. 70년대 초 백범일지를 접한 지 수십 년 만에 참배하게 되니 감개가 무량하다.

묘 오른쪽엔 의열사(義烈祠)가 있으나 문이 잠겨있다. 이동녕, 조성환, 차리석, 김구, 이봉창, 윤봉길, 백창기 의사를 모신 사당이다. 의열사 옆 능선에 삼의사 묘가 자리 잡았다. 이봉창, 윤봉길, 백창기 의사 묘와 안중근 의사의 가묘다. 묘 뒷면에 태극기를 돌에 새겨 세운 게 인상 깊었다.

앞면 묘 기단에 새겨진 유방백세(遺芳百世) 예서체 글씨가 숙연하게 만든다. 기단 글씨의 품격이 높은데 비해 삼의사 비석 글씨는 어디서나 흔히 보는 평범한 해서체여서 실망스럽다. 삼의사 비문 글씨가 똑같다. 현대의 명필을 동원해 한 분에 한 명씩 쓰게 할 수 없더란 말인가. 최소한의 배려일 텐데 안타까운 마음이 들었다. 안중근 의사의 유체를 못 찾아 가묘로 남아있는 것도 가슴 아픈 일이다.

삼의사 묘에서 조금 떨어진 우측에 임정 요인 묘가 있다. 임정 요인 묘가 있는 건 효창공원에 와서야 알았다. 이동녕, 조성환, 차리석 선생의 묘다. 역시 비석들의 글씨가 범속하다. 창열문(彰烈門)을 기준으로 중앙에 삼의사 묘역, 좌측에 백범 묘역, 우측에 임정 요인 묘역이 된다. 민족의 성지(聖地)다. 운동장이 있는 것은 마음에 안 드나 시민들이 애용하는 공원으로 만든 데는 호감이 간다. 이곳에 잠드신 애국 열사들도 기꺼워하리란 생각이 든다. 존숭과 사랑을 받아야 마땅하지 않은가. 그러자면 멀리 떨어져 있는 것보다 도심에 자리 잡고 있음이 얼마나 다행스러운가.

국민의 행복지수는 나라의 크기와 상관이 없음은 이미 잘 알려져 있다. 김구 선생이 바라던 높은 문화의 힘을 지닌 나라를 만드는 것은 경제만능, 다시 말하면 배금주의, 금전만능주의와는 다른 차원이다. 이런 이상을 품은 지도가가 다시 나올 수 없는 것인가. 김구 선생이 독립운동가를 넘어서는 사상가로서 존경받을 수밖에 없는 이유다. 독립정신뿐 아니라 문화정신도 이어가야 한다.

제2부

유적과 풍류

신라의 숨결을 따라

1995년 7월 23일부터 시작된 3박 4일간의 여행은 신라의 유적을 더듬는 순례였다. 일곱 명의 일행 중에는 만삭의 새댁도 끼어 있어 조심스러웠으나 일정을 잘 소화해 내어 태교를 잘 했다는 칭찬을 들었다. 조상들의 정혼(精魂)이 담긴 문화유산들을 답사한 것이니 태중의 아이에게도 엄마의 감성을 통해 좋은 영향이 전달되었으리라 믿는다.

떠날 때는 맑은 날씨였는데 경부고속도로를 따라 남쪽으로 내려갈수록 구름이 두터워졌다. 양산 통도사에 도착하니 비바람이 몰아쳤다. 태풍이 몰려오고 있다는 일기예보를 달리는 차 속에서 들은 바 있다. 강한 바람에 우산을 썼어도 하반신이 그대로 젖었다.

해인사의 법보(法寶), 송광사의 승보(僧寶)와 더불어 통도사는 불보(佛寶) 사찰로 유명하다. 부처님의 진신사리를 모신 금강계단(金剛戒壇)이 있어서다. 이는 적멸보궁의 다른 이름이기도 하다. 절 이름은 '모든 법에 통하여 모든 중생을 건지노라'는 통도만법 광제중생(通度

萬法 廣濟衆生)에서 나왔다.

15년 만에 다시 와 보는 이곳도 시대 변화에는 어쩔수 없는지 주변이 부산스러웠다. 성보박물관 신축 공사를 하고 있었다. 절 앞까지 포장도로가 뚫려서 예전의 솔바람 솔향내에 그윽이 젖어 걸어 들어가던 정취는 잃어버렸다. 옛길은 그대로 있으되 버림받은 느낌이 든다. 다행히 주변의 빼어난 소나무들이 여전히 자랑스럽게 청청하여 위안이 된다.

태풍에 떠밀리듯 경주에 도착했다. 원래 남산에 오르려던 계획이 비바람에 무산되어 그 대신 박물관에 들어갔다. 천년 고도에 있는 박물관이지만 내용이 기대치를 밑돌았다. 전시물 중에 삼화령 애기부처는 유독 사람들의 사랑을 받아 손때를 많이 타고 있었다.

뒤뜰로 나가 우산도 맥을 못 추는 강풍 속에 고선사탑을 둘러보면서 기우호대(氣宇浩大)의 풍모에 감개가 밀려들었다. 삼층 석탑의 높이가 10미터 가량인데 모든 것을 포용할 수 있을 듯 넉넉하고 당당하다. 우리나라 최초의 미술사가인 고(故) 우현 고유섭(又玄 高裕燮)선생은 이 탑이 본래의 자리에 있을 때 '고산(高山)밑에 있으되 더욱이 기백은 이를 능가한다. 실로 통일의 위업을 완수한 신라 그 자신의 위용이 나타나고 있다'고 평했었다. 이렇게 뛰어난 탑을 어째서 박물관의 뒤뜰, 그것도 한적한 구석자리에 옮겨 놓았을까? 이 탑이 있어야 할 적당한 자리에는 불국사 석가탑과 다보탑의 모조품이 있으니 여기가 정말 경주 땅인지 의문스럽다. 진품을 가지고 있는 고장에서 모조품을 봐야하는 것은 어색한 일이 아닐 수 없다. 더구나 고선사탑 같은 걸출한 진품을 홀대하는 것은 이 시대 그릇된 가치관의 표본처럼 여겨진다.

박물관을 나오니 앞길의 버드나무 서너 그루가 뿌리 채 뽑혀 길을 막고 있어 시청에서 사람들이 와 토막을 내가며 치우는 중이다. 내일 상륙한다던 태풍이 예보를 앞질러 지나는 듯했다. 일행이 박물관에 들어가 있을 때가 절정이었던 모양이다.

불국사 여관촌에 여장을 풀면서 여행을 포기하느냐 아니면 충청도로 일정을 바꾸느냐 하는 설왕설래가 있었다. 결론은 내일의 일기 상태를 보아 내리기로 했다. 아침에 일어나 보니 쾌청이다. 어젯밤 우악스럽던 비바람이 거짓 같았다.

시내로 나와 최고운 선생이 사셨다던 상서각에 들렀으나 관리인이 없어 아쉽게 발길을 돌렸다. 이날은 어제 박물관에서 구입한 에밀레 종소리 녹음테이프를 차 속에서 여러 번 되풀이 들으며 영겁을 꿰뚫는 긴 여운의 소리를 음미했다. 몸과 마음이 한결 가뿐해졌다.

남산 부처골에서 감실 부처님을 찾는데 안내 표시가 제대로 되어 있질 않아 애를 먹었다. 유홍준 교수가 그의 답사기에서 감실 부처님을 물어 찾느라 고생한 사연을 적은 바 있는데, 사정은 여전한 형편이다. 선덕여왕 때 조성된 것으로 추정되는 감실 부처님은, 유 교수의 표현대로 넉넉한 인상의 현세적 자비심이 생동감 있게 다가온다. 인자하고 정겹다. 전체 규모의 아담함에 비해서 받는 감동의 울림은 매우 컸다.

탑골에서 입구 가까이에 옥룡암이란 소담한 절이 있다. 이 절 뒤에 있는 부처바위를 찾아 남산을 거의 다 올랐다가 내려와서야 웃었다. 물어 보지 않았던 게 불찰이다. 옥룡암에는 어떤 연유에서인지 탄허 스님의 글씨가 많이 걸려 있어 친숙해 보였다. 부처 바위는 규모가 크며, 마치 신라인의 희원(希願)처럼 사면에 여래상, 보살상, 비천상, 나한상 및 탑과 사자등이 새겨져 있는 희귀한 유물이다. 그러나 책에 나와 있는 사진보다도 마멸이 심했다.

비구니 수도 도량인 보리사엔 석조여래 좌상이 새겨져 있는 것이 이채롭다. 석가여래의 상호는 석굴암 본존불과 비견되는, 한없는 자비가 풍만한 두 뺨에 어리어 우러러보는 사람의 두 손이 절로 모여지게 할 만큼 감동을 준다.

남산은 인적이 없었다. 신라의 숨결이 그리워 찾아다니는 사람들은 우리 일행뿐이어서 불국토의 주인이 된 듯한 기분이었다. 남산 아래 양지마을에 사시는 경주의 상징 윤경렬 선생 댁을 방문했는데 마침 댁에 계셨다. 인사를 드리고 미리 가져간 이 분의 저서 '경주 남산'에 서명을 부탁하니 백발홍안의 선생께선 먹을 갈아 붓으로 써 주신다. 이 책은 선생 필생의 노고가 담긴 역저이다.

첨성대를 거쳐 민예촌으로 갔다. 시간이 늦어 신라요의 가야토기, 고청사, 동악미술관만 서둘러 보았다. 동악미술관의 석굴암 연구를 비롯한 신라 연구는 경의를 표할 만하다. 사재를 기울여 이룩해가는 업적은 그런 만큼 더욱 빛난다.

저물녘에야 감은사지에 도착, 쌍탑의 장중한 위용에 압도당했다. 커도 미련스럽지 않고 안정감이 뛰어나다. 고선사탑과 시대와 양식, 크기가 거의 같다. 대종천을 끼고 있는 넓은 들판의 배경은 쌍탑의 모습을 더욱 빼어나 보이게 했다. 주변 학교에 있는 듯한 선생님 한 분이 학생 몇을 데리고 감은사에 얽힌 역사를 설명하고 있을 뿐, 주위는 한적했다. 그간 신라의 불교 미술은 섬세함과 우아함만 부각되었을 뿐, 이 탑에서 볼 수 있는 것처럼 남성적 장쾌함에 관해서는 별로 알려지질 않았다. 올해 동탑의 해체 보수공사 중에 국보급 사리함과 불상이 발견되어 새롭게 세상의 주목을 받았다.

계속 머물고 싶은 감은사지를 뒤로 하고 있었다. 용당포 바닷가에 도착하니 어둠이 내려 덮이고 넘실대는 파도 속의 대왕암이 신비로웠다. 감은사와 상관지어 의미를 되짚으며 긴 감동에 빠져들었다, 신라 보물 중의 하나로 쳤던 '만파식적'도 용당포와 관련이 있다. 모래가 아닌 자갈밭의 해변이 인상적이다. 이 바닷가를 우현 선생은 '나의 잊히지 못하는 바다'라고 했는데 이 글귀를 새긴 비석이 그 언저리에 서 있다. 호국의 정신과 효성이 감도는 깊은 유서가 서려있는 곳이다. 이 고장 아낙네인 듯한 몇 분이 촛불을 켜 놓고 대왕암을 향해 치성을 드리고 있었다.

감포읍에서 일박, 아침에 홀로 일어나 감포 읍내를 산책했다. 5~60년대에나 존재할 듯한 골동품 같은 다방에서 커피를 마시는 적적한 여유도 누렸다. 감포읍엔 짧은 도심임에도 춘천막국수의 이름을 단 집이 세 군데나 됐다. 낯선 곳에서 아는 사람 만난 것처럼 반가웠다. 숙소에 들어가 아직도 잠에 빠져있는 일행들을 깨웠고, 서둘렀지만 출발이 늦었다.

동해안 곳곳에 아담한 해변이 차창 밖으로 나타났다간 사라지는데 그런 곳에서 하루쯤 묵으며 바닷물에 몸을 담그고 싶은 유혹을 억누르기 힘들었다. 장기곶 호미등(虎尾燈)에 들러 시원한 바닷바람을 만끽하며 삼국유사에 나와 있는 연오랑 세오녀의 설화도 떠올렸다. 최초의 등대와 그 옆의 등대 박물관도 관람하고 뜰에 있는' 영일만 친구'의 노래비도 둘러봤다.

달리고 또 달리는 일이 밤늦게까지 계속 되었기에 불영계곡에서 가졌던 휴식은 그만큼 값졌다. 풍성한 수량의 맑은 계류와 기암괴석은 탄성을 자아내게 만들었다. 삼겹살을 굽고 라면을 끓여 시장함을 달랬다. 유일한 야외 취사였고, 식사 후엔 흔적을 말끔히 치웠다. 발이 안 떨어져 어둠의 장막이 쳐지고야 길을 떠났다. 영주에는 밤 열시 경에야 도착, 여장을 풀었다.

나흘째는 삼척이 섭씨 37도까지 오르는 등 전국적인 무더위라는 뉴스를 들었다. 그러나 피서를 다니는 게 아니라 더위에 도전한 셈이니 문제될 일이 없었다.

오전 8시경 일행들을 깨워 식사를 하고 부석사로 향했다. 자연과 고 건축물의 절묘한 조화에 녹아들었다. 통도사는 큰 절이지만 국보는 한 점도 없고 보물급이 몇 있었다. 그러나 그보다 규모가 훨씬 더 작은 부석사는 국보가 다섯 점이나 되고 보물도 몇 있어 알차다.

천년을 넘어선 무량수전은 아직도 탄탄한 자태로 다음 천년을 능히 견딜 듯이 서 있다. 이는 조상들의 건축술이 얼마나 뛰어난가를 웅변해 주는 것으로 국보 18호이다. 그 안에 모신 아미타불 또한 우리나라에서 제일 큰 2.8미터의 소조상으로 국보 45호인데 무량수전의 조화미와 퇴색된 단청이 주는 고색창연함 만큼이나 고풍스러운 위엄과 자비의 모습을 지니고 있다.

특히 의상대사와 선묘의 숭고한 사랑 이야기는 만나고 헤어짐이 가벼운 현대인들에게 시사해주는 바 크다. 사랑의 순례지로 삼을 만하다. 다만 선묘각이 부석사에 얽힌 선묘의 비중에 비해 초라할 정도로 작아서 아쉬움을 지울 수 없다. 그나마 선묘의 영정은 정성이 담겼고 아름답게 그려져 있었다. 선묘의 일방적인 사랑의 마음을 의상께서 손수 기려 주셨더라면 싶은 것은 나그네의 속물스런 바람이리라.

한켠에 대형 석조가 있고 맑은 물이 철철 넘친다. 석조 바닥엔 지렁이 두 마리가 살고 있어 재미있었다. 부석사를 말할 때 석축을 떼놓을 수 없다. 국립박물관장이셨던 고 최순우 선생은 한국의 아름다운 석축 세 곳을 꼽았는데 경주 불국사 범영루 밑의 돌각담과 청평사 회전문 양옆의 석축 그리고 부석사의 대석단이다. '이 세상에 나라도 많고 민족도 많지만 누가 원형 그대로의 지지리도 못생긴 돌들을 이렇게 멋지게 쌓을 수 있었을 것이냐'며 쾌재를 부르셨었다. 청평사의 석축은 이미 오래 전부터 눈여겨보아 오며 종이 한 장 들어갈 틈이 없도록 쌓여진 솜씨에 매료되곤 했던 터이다. 무량수전에서 바라보는 조망은 아늑하면서도 눈맛이 시원했다. 이 또한 지정할 수 없었던 무형의 국보라 할 만했다.

다음 행선지는 소수서원, 입구의 울창한 송림에 우선 끌렸다. 신라 때부터 절터였다는 해설이 있고, 남사고 선생이 이곳서 수학했다는 기록에 눈길이 갔다. 그는 조선 시대 명종 때 천문학 교수를 지낸 분으로 '격암유록'이라는 대 예언서를 남겼다. 소수서원 안의 건물들은 각자 특색있는 구조들을 지녔다. 그러면서도 선비의 풍모처럼 검박하다. 이곳에서 공부를 한다면 절로 학문이 될 듯싶었다.

귀로에 소백산 희방 폭포와 희방사까지 올라갔다. 계곡 물의 경사가 심하여 급류를 이루었고 물이 얼마나 차가웠던지 손을 담가보니 뼈까지 시렸다. 수량도 많아 폭포는 장관을 연출하고 있었다.

우리 문화와 국토에 대한 사랑을 체험한 것이 강렬한 인상으로 남아 있다는 일행들의 술회는 이번 여행이 성공적이었다는 평가나 마찬가지다. 땀을 흘리며 몸으로 체득하는 문화유산 답사는 스스로 원해서 이루어질 때 더욱 소중한 의미를 지닌다. 여행을 끝낸 일행의 얼굴엔 고단함보다는 뿌듯함이 넘쳤다. 다시 내년을 기약하면서…….

백제의 숨결을 따라

1997년은 문화유산의 해이다. 문화유산에 관한 신문, 방송의 관심은 일반인들에게 새로운 인식을 심어주는데 기여한 바 크다. 아직도 시선을 받지 못하는 분야가 많기는 하지만, 의식주에 걸쳐 우리 조상들의 **빼어난** 슬기는 새롭게 주목을 받는 중이다. 과거 중국과 일본에 걸쳐 문화를 교류했던 영향의 검증이 필요하고, 급변하는 시대에 우리의 정체성은 무엇인가 되묻게 된다.

문화유산이 남은 곳의 느린 변화는 천 년 전의 흔적을 남기고 있어 여간 다행스럽지 않다. 이번 복중(伏中) 여행은 충남의 공주, 부여, 예산, 서산을 2박 3일간 다녔는데 부드러운 산들의 선(線)이 인상적인 만큼 느림의 성품이 주는 넉넉함, 여유로움을 접할 수 있었다.

첫 행선지인 공주에서는 송산리 고분군부터 들렀다. 이곳엔 그 유명한 무령왕릉이 자리 잡고 있다. 1971년 7월에 배수로 공사 중에 우연히 발견되어 천삼백여 년의 긴 잠에서 깨어나 세상에 드러낸 유물들은 그 찬란함과 풍부함이 사람들을 감탄시켰다. 2,906점의 유물은 백제뿐 아니라 신라와 고구려, 일본 유물의 편년(編年)을 잡는 기준이 되었다. 무령왕릉은 삼국시대 왕릉 중 유일하게 임자가 확인된 것이다. 더구나 무덤 양식이 중국 양나라풍이거니와 중국의 청자 항아리, 청동거울, 화폐 등 종류가 다양하다. 관목(棺木)은 일본에만 있는 금송으로 짰다. 상상을 뛰어넘는 국력을 바탕으로 활발한 중일(中日)교류가 이루어졌음을 보여주는 것이다.

송산리 고분을 나와 운치 있는 솔밭에 자리한 '곰사당'을 거쳐 곰나루에 닿았지만 실망을 금치 못했다. 강 건너는 모래와 골재를 채취하느라 온통 파헤쳐 놓았고 나루의 흔적이 전혀 없었다. 다만 주변에 기념공원이 있을 뿐이다.

점심식사 후 국립공주박물관에 들렀다. 무령왕릉에서 발굴된 유물이 주 전시물이고 그밖에는 너무도 빈약하다. 터도 협소하고 가파른 언덕에 있는 것이 영 마뜩치 않다. 다만 박물관 앞뜰에 금송 두 그루가 청청한 모습으로 뿌리를 내려, 그 늠름함이 무령왕과 연관 지어 특기해둘 만하다.

부여에선 능산리 고분군부터 들렀다. 각종 무덤을 재현해 놓은 전시관 중앙에 금동대향로(국보 287호)의 모조품이 전시되어 있는데 이곳에서 발굴되었기 때문이다. 진품은 부여박물관에 있다.

부여박물관은 공주와는 달리 터가 넓고 아늑하여 한눈에 명당자리라 느껴진다. 규모도 컸고 건물 역시 미려하다. 전시 내용도 풍부해서 백제문화의 진수를 만끽할 수 있도록 해 놓았다. 백제문양전 탁본(百濟文樣塼 拓本)을 몇 장 구입했다.

박물관에서 멀지않은 곳에 정림사지 5층 석탑이 있다. 담을 둘러쳐 놓았는데 만여 평이 넘어 보였다. 한국 최고(最古)의 석탑 중 하나이다. 높이가 8.4m로 고품(古品)의 아름다움이 어떤 것인가를 확인할 수 있었다. 보물 108호로 지정된 부처 돌좌상이 보존을 위해 건물 안에 안치되어 있다. 높이가 5.62m에 이른 대불이다. 자연석에 최소한의 손길만 더한 민불(民佛) 모양으로, 머리와 갓은 나중에 새로 만들어 붙인 것이다. 미륵부처님으로 보였다. 날은 잔뜩 흐려있고 해질 무렵이라 고즈넉한 분위기에 인적은 우리뿐이어서 탑과 대면하여 매료됨에 차마 일어서기가 싫었다. 새벽 안개 속에서 보는 것이 가장 좋다지만 저녁 무렵 역시 이 탑과의 농밀한 대화를 가지기 더할 나위가 없었다.

다음날 부소산성부터 오르는데 백여 미터 가량에 넓적하고 큼지막한 돌을 바닥에 깔아 보기에도 훌륭하고 걷기도 편했다. 나머지는 모두 벽돌형 보도블록을 깔았고 별다른 훼손이 없다. 경사가 완만하며 소나무가 울창해 걷는 즐거움을 준다. 낙화암의 백화정(百花亭)에 오르니 탁 트인 시야에 백마강 물줄기가 멀리까지 보여 시원하다. 삼천궁녀의 산화를 백송이 꽃으로 줄여 이름 붙인 정자가 마음에 든다. 고란사로 내려가는데 경사가 심해 다시 올라올 생각을 하니 무더위에 쏟아지는 땀으로 엄두가 안난다. 고란은 거의 멸종 단계에 있었고 샘물 위 절벽에 좁쌀 같은 모습을 겨우 확인, 그러나 물맛은 녹차를 마신 것처럼 입안이 개운하고 여운이 감돈다. 백제 임금님들이 이 물이 아니면 안 마셨다는 사실에 새삼 고개를 끄덕이며 거듭 마셨다. 대웅전 뒷벽의 벽화는 세 폭이 그려져 있다. 일본에 불교를 처음 전해준 내용과 임금님이 고란사 샘물만 마셨다는 기록, 일본의 세 소녀가 불교를 배우러 이곳으로 왔다는 기록 등, 백제와 일본이 얼마나 밀접한 관계였던가를 알려준다. 특별한 문화재는 없지만 바로 아래 백마강을 끼고 자리한 절터가 절묘하다.

다행히 고란사 아래에 선착장이 있어 유람선을 탔고 시내로 걸어오며 구드래 조각공원을 둘러보았다. 골동가게도 들러 구경하며 이곳의 문화예술계 현황을 주인장에게 물으니 중앙에서 활동하는 이곳 출신 예술인들이 많았다. 서예계의 대가 원곡 김기승 선생, 한국 화단의 중진 산동 오태학 선생, 시단의 원로였던 일모 정한모 시인, 그리고 신동엽 시인 등이 바로 부여가 고향이다.

점심을 자장면, 콩국수로 때우고 다시 공주 쪽으로 차머리를 돌려 마곡사를 찾았다. 어제 들렀어야 할 행선지였지만 빼먹었던 곳이다. 비슷한 거리에 동학사, 갑사 등 고찰이 여럿인데 마곡사가 가장 보고 싶었다. 원래는 '춘마곡 추갑사'라하여 봄의 마곡사를 제일로 치지만 사계절이 다 뛰어난 계곡으로 인해 매력 있는 곳이다. 근래 들어 인근에 온천이 발견되고 개발되어 조용하던 마곡사도 그 바람을 타고 있다. 기대가 크면 실망도 큰 법인지 고찰의 고색창연함은 옛말이고 중창불사와 계곡을 파헤치는 중장비의 소음으로 어수선했다.

발길을 돌려 추사 고택에 도착하니 7시가 넘었다. 입장 시간이 지나

생가는 담 너머로 대충 살피고 백송(白松)을 찾는데 예상보다 멀리 떨어져 있어서 땀 꽤나 흘렸다. 추사 묘소를 참배할 때는 어둠의 장막이 사위를 둘러치고 있었다. 이 분이 예술가로서 남긴 불멸의 작가정신을 이 시대에도 다시 불러 일으켜야 한다는 다짐을 다시 새겼다.

수덕여관에서 한정식으로 저녁식사를 했다. 고암 이응로 화백의 미망인이 아직도 살고 계신다. 동백림 사건으로 투옥생활을 하고 나오셔서 머물 때 새겼다는 암각화가 앞마당에 있어 보는 이에게 감동을 준다.

여행 3일째, 해미읍성에 들어갔다. 성내는 2만여 평으로 옛 관아를 복원한 곳 빼고는 모두 공터이다. 성벽은 원형이 완벽하게 보존되어 있고 석축 솜씨가 뛰어나다. 수덕사와 거의 동시대에 창건했다는 일락사(日樂寺)부터 갔다. 문화재로 알려진 것은 없지만 절이 아담하고 조용하며 최근에 지은 대웅보전과 주련 등의 현판 글씨는 월정 정주상 선생의 것이다. 후불탱화가 있을 자리에 서각으로 새긴 묘법연화경관세음보살보문품은 어느 스님의 소박하고 개성 있는 필체이며 서각 솜씨 또한 정성이 깃들어 있다. 며칠이고 묵고 싶은 심정이 들게 한다. 상왕산의 산세도 범상치 않다.

개심사로 가는 길은 저수지를 타고 올라야 한다. 일락사 가는 길에도 저수지가 있었고 그 모양이 마치 소양댐을 축소해 놓은 듯하더니 그 반대에도 또한 닮은 저수지와 둑이 있다. 주차장에 차를 세우고 개심사 입구라는 곳부터 절까지 돌계단을 갈지자로 오르게 된다. 송림과 어우러져 속세를 떠난 기분이 되고 절 이름처럼 마음이 활짝 열리는 것 같다. 돌아와서 80호 크기의 화폭에 담았다. 개심사 또한 현대의 손때를 거의 타지 않은 탓으로 고찰의 면모를 잘 간직하고 있어 마곡사에서 받았던 실망을 메울 수 있었다. 절 현판은 해강 김규진의 글씨인데 유별나게 크다. 거쳐 온 고란사, 마곡사에도 해강의 현판이 걸려 있었다.

서산마애삼존불과 보원사지가 위치한 용현계곡을 찾아드는 길 또한 개심사 가는 길목과 흡사하게 저수지를 감돌아 들어간다. 계곡엔 피서객과 차량이 많은 편인데 강원도 계곡의 인파에 비하면 아무것도 아니다. 충청도 여행 중에 피서객이 몰려 있는 곳을 거의 보지 못했기에 든 생각인지도 몰랐다. 일행이 마애불을 먼저 보려는 걸 지나치게 하고 보원사지부터 들렀다.

10여분 더 올라가니 깨진 대형 돌물확(보물 102호)에 술에 취한 할아버지 한 분이 들어가 주무시는 것이다. 몇 분의 노인들이 천렵을 나오신 듯했다. 우리가 기관에서 나온 걸로 알았던지 할아버지 한 분이 죄송한 몸짓으로 깨우시려는 것을 말렸다. 나라의 보물 안에 들어가 주무시가가 어디 쉬운 일인가. 주변의 석물들이 모두 국보이고 유명한 절터였다고 말씀드리니, 할머니가 "왜 망했데요?"라며 물었다. 뜻밖의 질문에 오히려 우리가 그 어른들께 묻고 싶었던 질문을 역공 받았다는 실소가 나왔다.

이번 여행의 대미를 장식한 마애삼존불(국보84호), 여기에서 받은 감동의 파장은 평생 두고 잊히지 않을 만큼 컸다. 그런데 보원사지 이곳엔 관람료가 없다. 보물이 수두룩하여 입장료를 내고 보는 것이 당연하다 할 곳에서 안 받는 게 오히려 신기하게 여겨진다. 충청도의 너그러움과 느긋함, 영악스럽지 않음을 이런 면모를 통해 엿보게 된다. 더구나 감동을 배가시킨 것은 이곳의 관리인 성원 아저씨 덕분이라 할 만하다. 이 분은 반생을 마애불과 같이 살아오시며 자신도 모르게 살아있는 부처가 다 되신 분으로 느껴졌다. 관리인다운 표시가 전혀 없으니 유홍준 교수의 문화유산답사기 3권을 읽지 않았으면 전혀 못 알아보았을 만큼 조용하고 겸허가 몸에 배인 분이다.

극심한 더위에 성원 아저씨에게 좁은 보호각 안에서 암막을 치고 삿갓등을 비추며 해야 할 설명을 부탁드리니 처음에는 너무 덥다며 사양을 하신다. 강원도에서 왔다니까 당신도 원주에서 군생활을 보냈다며 응해 주셨다. 그곳에 온 분들 10여 명도 같이 들어섰다. 보호각 안에 사람이 꽉 들어차고 체온으로 인하여 숨쉬기도 어렵건만 담담히 설명해 가며 비추는 삿갓등의 각도에 따라 본존불과 협시 보살들의 표정은 놀라울 만큼 다양한 모습으로 나타났다가는 사라진다.

1965년 8월 10일 보호각이 생기면서 관리인이 된 성원 아저씨는 81년에야 기능직 9급 공무원으로 임명되어 보수를 받기 시작했다고 한다, 보호각이 세워지기 이전부터 10여 년간 마애불에 심취되어 자연광선에 따른 변화하는 모습을 사계절, 비가 오나 눈이 오나 꾸준히 관찰하였기에 터득한 안목이다. 40여 년 간의 애정과 헌신은 누가 시켜서 하는 것이 아니다. 마애불이 주는 감동과 성원 아저씨의 잔잔하고 한결같은 삶이 주는 감동이 어우러져 그윽한 향기로 피어오르는 환한 빛살을 가슴 벅차게 받을 수 있었다. 문화유산답사를 다니는 보람을 이런 경우에 최고로 만끽하게 됨은 즐거움 이상의 그 무엇이다.

2016. 3. 매화필 무렵

솔거미술관

시내에 나가 창작관에 들렀다가 막차 전철을 타고 종점인 평내호평역에서 내렸다. 밤 12시가 넘어서 경주를 향해 출발, 새벽 4시경 칠곡에서 일박을 했다. 피곤해 졸도하기 일보 직전이었다. 버틸 수 있을 때까지 달린 게 칠곡에서 한계점에 이르렀다.

다음 날 오후 2시경 경주 보문관광단지 내 관광엑스포 광장에 있는 솔거미술관에 도착했다. 가장 깊숙한 곳의 언덕 위에 자리하고 있다. 아래쪽으로 인공이 가해지지 않은 못도 있어서 환경이 좋았다. 애초에 경주시가 소산 박대성 미술관으로 추진한 것인데 경주 미술인들의 반발이 있어 솔거미술관으로 이름을 달았지만 소산 화백의 작품 기증 받은 걸 바탕으로 운영되고 있다. 특별기획전으로 '솔거묵향(率居墨香)', 소산 박대성 화업 50년 기념전'과 기획 전시로 '솔거를 깨우다. 소나무 그림전'을 하고 있는 중이다.

소산 박대성 화백과의 인연은 남진현이 내 문하를 거쳐 광주 연진회에서 공부하고 박대성 화백의 제자로 입문하게 되어서다. 소산 화백이 덕소에 화실을 가지고 있던 시절이다. 남진현이 공부하는 모습을 본다고 갔다가 인사를 나눴고 그 후 춘천에 스케치를 하러와 등선폭포로 안내해 같이 스케치를 했었다.

호암갤러리 초대전 때 전시장에서 뵈었다. 소산 화백의 작업은 늘 관심의 대상이었다. 개인전 도록도 몇 권 가지고 있다. 그의 전시를 다 가보지는 못했다. 호암갤러리와 성북동 가나아트 초대전을 본 것이 고작이다. 작년에 솔거미술관 개관 기사를 보고도 이제야 발걸음을 하게 됐다.

'솔거의 노래〈515×436cm〉'와 '제주신송(神松)'은 대작을 넘어 거작이다. 제주신송도가 좀 더 크다. 솔거의 노래는 당신이 사는 곳 후원을 그린 것이라 하고 제주신송은 산천단 노송 중 가장 큰 곰솔을 소재로 삼은 것이다. 지난 달 제주를 다녀왔기에 어떻게 다뤘을까 궁금했었다. 사실보다는 당신의 기운으로 휘감았다. 역시 필치며 구성과 묵법이 소산 화백다웠다. '금강설경' '법의' '현률도' '투우도' '청량산묵강'이 대작에 속한다. 소품들이 많았다. 전시실 하나는 당신의 서예로 채웠다. 연찬이 깊다.

1층 전시길 한 가운데 난 통창을 통해보는 연못은 한 폭의 그림이고 시다. 흰 나비 한 마리가 녹음을 배경으로 날더니 조금 있다가 한쌍이 되어 춤을 췄다. 전시실 바닥에 주저앉아 움직이기 싫었다. 미술관의 화룡점정이다.

기획전시실에선 한국화가 백범영, 송승호 소나무전이 전시되고 있다. 1부 전시가 서양화가 장이규, 구명본 전이었고 2부가 역시 서양화가 류명렬, 윤상천전에 이은 3부가 한국화로 이뤄진 기획이다. 문봉선, 홍소안, 이재삼이 빠진 게 의외다. 더 많이 있겠지만 이번 전시를 보기 전에는 백범영, 송승호는 몰랐었다. 최근에야 인터넷을 검색하다가 이름을 봤다. 내가 솔거미술관의 초대를 받아 볼 기회가 있을 것인가. 좀 더 분발해야겠다는 생각을 다졌다. 이제 시작이라는 마음이다. 뭉친 걸 풀어내야 한다.

불국사에 들렀다가 감은사지를 둘러보고 문무대왕암 앞 자갈 해변에 앉아 삼매경에 빠졌다. 징을 울리며 기원하는 무리가 예닐곱은 됐다. 어둠이 내리는 대왕암과 해조음, 징소리가 얽히어내는 그 분위기는 현묘에 든 듯 했다. 감포에서 가자미물회로 저녁을 먹고 올라오는 길 감은사지 쌍탑을 비추는 조명에 떠오른 모습은 간결하면서 성결한 느낌을 주었다. 스친 영상이건만 내내 망막에 선명하게 어려왔다.

원래 경주행을 염두에 둔 외출이 아니었다. 국립현대미술관 서울분관에서 하고 있는 걸로 아는 러시아 한인화가 변월룡 전을 보고자 했다가 갑자기 바뀌었다. 소산 화백의 거작 소나무 작품을 보면서 자극을 받고 싶어서다. 감은사 쌍탑도 보고 싶었다. 대왕암과 더불어 만파식적의 현장 아니던가. 몸은 피곤하나 마음은 충만해진 여행이었다.

박노수 미술관

종로구 옥인동 통인시장에서 차가 다닐 수 있는 골목길을 올라가면 멀지 않은 곳에 종로 구립 박노수 미술관이 있다. 새 주소로는 종로구 옥인1길 34다.

'화가의 집'이란 명제로 종로 구립미술관 개관 1주년 기념전을 가지고 있는 중이다. 남정 박노수 화백 생전에 가지고 있던 작품과 소장품-고미술품, 수석, 고가구-등 1천여 점을 종로구청에 집과 함께 기증함으로 탄생하게 된 이력의 미술관이다.

집 자체가 문화재적 가치를 인정받아 서울시 문화재 자료 1호로 지정되어 있기도 하다. 내가 화단에 입문하고 난 후, 지어진 지 80여년 된 이 집에 대해 미술 잡지 등에서 자주 다루었기에 일찍부터 사진으로는 드물지 않게 접했던 곳이라 낯섦 보다는 친숙함까지 느껴졌다.

집의 외관과 수목, 대, 소 수석이 즐비한 정원이 그렇다. 현장에 와서 보니 사진에서 크게 느끼던 것 보다는 집이 아담하고 정원도 좁았다.

반지하까지 하면 3층 건물이니 개인 주택으로 작은 편은 아닐 터이다. 개방된 1층은 4개의 전시실로, 2층은 2개의 전시실로 되어있는데 방을 전시실로 만든 것이다. 한, 중, 일에다 서양식까지 겸한 특이한 건물이다. 그럼에도 묘한 조화를 이루고 있다. 이색적이나 복잡하지 않고 단아한 품격이 있어 비상하다.

1층 응접실은 청나라 때 만든 중국풍 목제 의자와 탁자가 집과 잘 어울리면서 아취(雅趣)가 있고 간결하나 무게 있게 와 닿는다.

현관 좁은 포치에 걸린 추사의 서각 현판 여의륜(如意輪)도 대작인데 절묘하게 조화를 이루며 집의 특징을 각인시켰다. 정원 쪽으로 벽이 없고 아치형으로 개방된 것이 공간에 비해 큰 현판이 거부감을 안주는 듯하다. 추사 글씨와 중국 가구가 안팎으로 기묘한 변화와 조화를 이뤄냄은 남정 화백의 성품과 예술 세계를, 복합 양식의 주택임에도 모두 포용하여 하나로 녹아든 듯함이 남, 북종 양식을 하나로 아우른 그의 작품과 닮았다 할 것인가. 미술관에 있는 모두가 혼융의 미학이라 하겠다.

2층에 있는 화실도 넓지 않다. 아마도 대작은 따로 작업실이 또 있었던 듯하다. '화필인생'이란 그의 수필집을 보면 인왕산 기슭에 있다는 간원(艮園)이란 작업실 이야기가 자주 나온다. 그가 생시에 사용하던 화상(畵床)이며 화구, 물감 접시들이 그대로 재현되어 있다. 물감은 안료와 분채를 사용하고 붓들은 장봉이 거의 없다. 큰 붓도 없는 것으로 봐 소품 위주로 작업한 공간으로 여겨진다. 역시 필가며 문진이며 중국풍이다. 미술 잡지에서 보던 그 작업실이 아니다. 2층은 마루로 되어 있다. 다다미가 깔려있지 않았을까 추측을 한다. 1층은 온돌이라고 나온다. 내부 구조는 일본식인 듯하고 창문을 보면 중국식으로 여겨진다. 더러 있는 아자창이라도 창살이 굵고 간격이 넓어서일까.

1974년, 남정 화백이 47세 때 신세계백화점 화랑에서 가졌던 개인전을 보러갔다가 전시장에 나와 있던 작가를 봤지만 햇병아리 화가로서는 감히 인사조차 드릴 용기가 안 났었다. 빈틈없어 보이고 깐깐한 인상이어서 더 어려웠을 것이다. 산정 서세옥과 남정은 화단에서 가장 잘나가던 시절이기도 하다. 공허공간이라는 여백이 많고 간결하지만 세련되고 범접하기 어려운 화풍도 한 몫 했을 터이다. 당시엔 귀족적이라는 느낌을 강하게 받았으니까. 길쭉한 말이나 선풍도골의 산수 속 인물들이 그랬다. 그 작가에 그 작품이라는 인상을 준 드문 작가라 하겠다.

밖의 정원도 넓지는 않지만 덩어리가 큰 정원석에 수반에 놓인 수석들이며 어느 하나 허투루 놓인 것이 없음은 주인의 성향이리라. 나무들 또한 면밀히 계산되어 배치되었음을 알게 된다. 우선 연륜이 있어 보이는 벽오동이 눈에 띈다. 대부분 주인 닮아 늘씬하고, 투박함은 안 보인다. 뒤쪽은 자연석이 축대 역할을 하며 키가 크지 않은 대나무가 밀집되어 있다. 자연석으로 만든 가파른 계단 위쪽은 전망대다. 전망이 별로라는 말에 올라가진 않았다. 화가로서 누릴 수 있는 최대의 호사가 아닐 꺼냐. 이 정도 호사라면 넘치는 것은 아닐 게다. 오히려 절제와 격조, 소박함이 있음에랴. 이런 문화유산이라면 많아도 좋지 않겠는가. 그만한 가치가 있기에 미술관으로 바뀐 지난 1년 동안 13만 명이 넘게 다녀갔다고 한다.

겸재 정선의 작품에 몇 차례 등장하는 청풍계가 박노수 미술관에서 가깝다고 한다. 안평대군도 이 동네서 살았다. 청전 화백의 살림집 겸 작업실도 이 부근에 있는 것으로 안다. 일중 김충현의 집도 역시 이 동네다. 추사가 이곳에서 시회를 가지기도 했다고 나온다. 인왕산 자락이다. 지금은 집이 밀집되어 있어서 옛 모습을 찾기란 어렵겠지만 흔적들이 곳곳에 남아있다고 들었다. 옥인동은 범상한 동네가 아니다. 집이나 땅이나 인연이 없으면 임자가 되기 어렵다. 사물을 평가하는 사람의 품성도 작용을 할 것이다. 시간 여유를 가지고 답사하고 싶은 동네다. 좀 늦었지만 와보고 싶은 작은 소망 하나를 풀었다.

죽설헌 방문기

　죽설헌(竹雪軒)은 전라남도 나주에 있다. 12,000평, 개인이 40여년간 가꾼 원림(園林)이다. 죽설헌 원림 주인은 시원 박태후(柿園 朴太侯) 화백으로 문인화가다. 시원 화백은 각종 전시회에 출품된 작품을 통해 눈길을 끌어 알고 있었으나 화력조차 살펴볼 어떤 끄나풀도 없었기에 작품이 신선하고 좋다는 인상만을 간직하고 있었다. 작년엔가 두어 번 TV에 나온 걸 봤었다. 작업실 주변 환경이 아름다워서 더 시선이 갔었다. 거기가 어딘지도 몰랐다. 광주 주변 담양 어디쯤이 아닐까 막연히 짐작만 했다.

　남도 여행을 가면 나주는 늘 지나치는 곳이었다. 죽설헌은 개방을 원치 않는 주인의 통제도 있어서였겠으나 널리 알려진 장소는 아니어서 모르고 있었다. 철저하게 인위로 만들어진 원림임에도 오히려 무위의 기운이 감돌았다. 최대한 인공이 나타나지 않도록 안배한 탓이다. 이게 얼마나 어려운 일인가. 자신의 솜씨를 드러내고 싶은 건 재주가 있는 사람일수록 억제가 힘든 법인데 그걸 넘어섰다는 게 경이로웠다.

　주인의 허락을 받고 예약을 해야 둘러볼 수 있으며 주인장이 깐깐하다는 소문이었다. 시원 화백과 지인이 전화를 나눴고 조정하며 21일 오전 11시로 방문 약속이 잡혔다. 1시에는 당신의 일정이 잡혀있다는 전제가 붙었다. 시원 화백이 주차장에서 기다리고 있다가 맞아주었다. 나에 대해서는 전혀 알고 있지 않았다. 인사를 나눈 후 바로 우안화첩을 건넸더니 선 자리에서 대충 펼쳐보자마자 태도가 바뀌었다. 그리고 앞장서 원림을 안내해줬다.

　야트막한 언덕을 중심으로 원림이 조성되어 있었다. 동백꽃이 몇 송이 피어서 반겼고 매화도 홍매는 꽤 많이 피었다. 백매는 봉오리만 부풀고 활짝 피기는 좀 이른 상태다, 청대숲이 푸르고 연못가에 아름드리 왕버들 숲이 인상적이다. 거울 같은 연못 수면에 비친 버드나무 그림자가 그림이었다. 그리고 무엇보다 둘레길 양 옆에 허리 높이 정도로 담을 두른 오랜 토기와가 길게 이어진 것이 놀라웠다. 20년 이상 수집한 노고의 결정판이다. 시원 화백 부부가 옮겨 쌓느라 허리가 망가졌달 정도다. 원예고등학교를 나왔다지만 화가의 안목이 수십 년을 내다보고 경영한 솜씨. 백여 평의 주차장 허공을 뒤덮은 등나무 줄기의 뒤틀리고 꼬이며 기묘하면서 다양한 선들이 장관이었다. 국내에선 화가가 가꾼 유일한 원림이겠다. '토종 원림'이 맞다. 눈썰미가 있는 사람이라면 보고 반하지 않을 수 없는 곳이다.

　어제 추위와는 달리 따뜻했다. 겨울의 원림은 봄기운을 머금고 초목에 물이 오르는 중이라 간결함과 윤택함이 느껴졌다. 늘푸른 동백과 대숲이 있어 나목들의 비어 있음과 채워 있음이 조화를 이뤘다. 집으로 안내되어 화실이며 집안을 모두 살펴볼 수 있었다. 시원 화백의 제의로 거실에서 맞절을 하며 정식으로 다시 인사를 나눈 후 차탁에 둘러앉아 부인이 우려내주는 녹차를 마시며 이야기를 나누다 보니 1시가 넘었으나 당신의 약속은 뒤로 미루고 정담이 끊이질 않았다. 늦게 만났으나 길게 교유를 이어가자는 덕담도 나왔다. 우리한테 다음 일정이 있어 일어나야 했다. '화가와 정원'이란 책을 받았다. 350쪽이 넘는 두툼한 화집 겸 죽설헌의 사계를 담은 사진집이다. '우안 최영식 선생님께, 참 좋은 작업하시네요. 2017, 2, 21. 박태후'란 서명을 담았다. 만날 사람은 언젠가는 만나게 된다. 시원 화백이 그렇다.

나주읍내에서 내 그림을 구입한 분을 만났다. 인터넷 검색을 하며 소나무 그림들을 보다가 내 그림에 이끌렸다고 한다. 그림을 직접 전해주러 나주 행보를 한 것이다. 박봉에 몇 년을 모은 돈으로 구입하는 거랬다. 40년이 넘는 화필 생애에 이런 경우는 처음이다. 처음인 일들이 있다는 게 삶의 동력이 된다. 앞으로도 계속 인연을 이어가고 싶단다. 내 산동백 그림을 인쇄한 다포를 드렸다. 나주에서 아름다운 인연을 두 분과 맺게 되었다. 가슴이 더워졌다.

돌아오는 길, 길가의 표지판을 보고 찾아가 요월정 원림을 둘러볼 수 있었다. 주변의 노송림이 명물이다. 요월정 앞에는 봄까치꽃이 무리를 이뤄 담뿍 피어있다. 이렇게 봄이 모습을 드러내고 있다. 마음먹은 김에 백양사도 들러 고불매(古佛梅)를 봤고 스케치 한 장을 했다. 백양사는 첫 행보다. 백암산이 장엄했다. 좋은 소나무도 많았다. 사람이 별로 없어서 가장 깊숙이 백양사 코앞까지 차를 타고 들어갈 수 있었다. 입장료도 안 받았다. 360년 됐다는 고불매는 아직 봉오리조차 맺히지 않았다. 꽃은 내가 피우면 된다. 연륜이 담긴 다양한 선을 보여주며 가지와 등걸에서 풍기는 고매(古梅)의 품격이 아름답다. 고불매를 사진으로 봤지만 역시 내 눈으로 직접 확인해야 한다. 오래 머물러 품고 싶어도 올라오는 길이 멀다. 아쉬움을 남기고 발길을 돌려야 했다.

의림지義林池

충북 제천시에는 의림지가 있다. 신라 진흥왕 때 우륵이 처음 쌓았으며, 700년 뒤 현감으로 온 박의림이 더욱 견고하게 쌓았다고 한다. 제천(堤川)이란 지명도 여기서 유래한 것이라 한다.

의림지를 인식하게 된 건 소헌 은사님이 춘천에 정착하시기 전에 원주에서 몇 년 머물 때 의림산방(義林山房)을 당호로 작품에 썼고 의림지에서 따온 이름이라고 들어서다. 의림지의 소나무들이 멋지다는 말을 꾸준히 들어왔다. 어쩐 일인지 제천은 여행 중 스치는 지역, 그것도 대부분 깊은 밤이기 일쑤여서 의림지가 있다는 걸 떠올리곤, 지나치면 곧장 잊어지고 인연이 닿지를 않았다.

살아오면서 확실하게 아는 건 백번 들어도 한번 보는 것만 못하다는 것이다. 백문이불여일견은 진리다. 본다고 또 다 보이는 것도 아니지만 말이다. 시력이 밝아도 아는 만큼만 보이게 마련이다. 40년이 훌쩍 넘어서야 발길이 닿았다. 해가 진 후에 의림지 도착, 제천 시민들이 더위를 피해 많이 나와 있었다. 불빛이 곳곳에 있어 야경도 볼 만했다.

훌륭한 소나무들이 많다는 걸 확인, 시내서 일박을 하고 일어나니 잔뜩 흐려있다. 첫 번째 정자인 영호정에 앉아 4장의 스케치를 했다. 제천 시내 화방에서 구입한 새 스케치북이다. 우중 송림의 정취도 그윽하다. 의림지가 왜 소나무로 유명한지는 보니까 알겠다. 버드나무도 적절하게 섞여서 풍치를 돕는다. 한 아름 반이 넘는 굵기의 노송들이 즐비하다. 대부분 늘씬하니 키가 컸다. 가지의 선들이 나름 멋을 가졌고 변화가 많음에도 대체로 점잖다는 느낌을 준다. 수면 쪽으로 기울어진 와송도 제법 있다. 다양한 형상의 소나무가 골고루 있어 전시장 같다. 의림지 소나무만의 특성이 보인다. 스케치를 하고나니 오후 4시, 일어서야 한다.

7월의 마무리를 의림지 다녀오는 것으로 잘한 듯싶다. 새로운 의욕이 솟아서다. 중복도 지나고 폭염은 더욱 기승을 부릴 터이다. 아무것도 안하고 지냈음에도 산동백을 소재로 한 문인화를 시도했고 가능성을 열어 놨다. 요구에 의한 소품들을 몇 점 그리고 해동백도 큰 서간지에 해봤다. 작품 구상은 습성이라 자동으로 이뤄지며 머릿속에서 숙성을 하는 중이다.

제주를 만나다

　제주도를 못 가 보고 나이를 먹었다. 제주는 멀고 먼 외국보다 내겐 더 먼 곳이었다. 기회가 한 번도 만들어지지 않았다. 육십 대 중반이 되어서야 드디어 5월 9일 제주를 첫 대면할 수 있었다.

　애월의 바다를 만나고 해변이든 땅이든 무진장 널려 있는 현무암을 만나고 사람을 만났으며 토속 음식도 만났다. 압권은 산천단 6백년 묵은 여덟 그루의 곰솔과 외도동 250년 된 세 그루, 세월의 이끼가 덮인 거복 곰솔과의 감동적인 상봉이었다. 산천단 곰솔이 특히 그랬다. 외도동 월대 곰솔은 돌아오고 나서야 안 것이지만, 수산리 곰솔을 찾다가 걸려든 것이다. 천연기념물은 아니나 제주시 보호수로 나무 모양은 조형미가 뛰어나다. 천연기념물로 지정된 소나무는 산천단 흑송과 수산리 곰솔 두 곳이다. 물어봐도 수산리 소나무를 알지 못했다.

　제주도에서 첫 번째 만난 자연이 이호테우 해변이다. 모래사장엔 마을 주민 십여 명이 나와서 청소를 하고 있었다. 해변에서 좀 떨어진 주차장에 차를 세워놓고 가는 길가엔 몇 아름은 될 듯한 소철나무며 야자나무, 해송이 늘어서 있어 인상적이었다. 문인화 소재로도 훌륭하다는 생각이 들었다. 배경으로 누렇게 익어가는 보리밭도 잘 어울렸다. 소철나무는 문인화로 그려진 걸 봤다. 야자나무도 드물지만 있었다. 해송까지 더한 세 가지가 화폭에 담긴 건 아직 못 봤다. 거기에 현무암까지 곁들인다면 가장 제주도다울 터이다.

아침도 거른 상태여서 아점을 겸해 음식점을 검색하니 각재기탕이 나왔다. 노형동에 있다. 우리가 첫 손님이다. 주문을 해놓고 밖에서 흡연을 하는데 옆집에 화실이 있었다. 화실 입구에 붙여진 그림이 눈길을 끌어 기웃대니 지하 계단에 사람이 있고 양쪽 벽에 벽화를 그리고 있어 말을 걸었다. 화실 주인 임성호 화백이다. 식사를 하고 다시 들렀다. 첫 번째 만난 제주 사람이다.

서양화가로 제주를 재구성해 화폭에 담은 작품들이 걸려있는데 그림이 곧 시였다. 시 한 줄 안 들어 있으나 그림시라 할 만했다. 소암 현중화 선생의 사진이 걸려있어 물으니 막내 제자란다. 화실 한편엔 지필묵이 있고 법첩을 임서하고 있는 흔적이 보였다. 임 화백이 휘호를 청해와 우보천리(牛步千里)를 사분의 일절지에 썼다. 얼떨결에 쓴 것이라 마음에 안 들었지만 곁들인 제주여차(濟州旅次)로 눈을 가렸다. 다시 들르기로 했다.

애월읍 변두리에 있는 리조트에 여장을 풀었다. 시설이 만족스럽다. 협재 해변을 거쳐 한림오일민속장날이라 둘러보고 향토식품 오메기떡을 구입, 수월봉에 올랐다. 해발 77미터라는 수월봉에선 차귀도와 와

도가 보였다. 수월봉 절벽은 화산재가 만든 지층이 만들어낸 선이 현대미술 같았다. 스케치를 한 장했다. 이렇게 시동이 걸렸다. 대정읍 추사 유배지와 그 옆에 있는 추사관을 둘러봤다. 이곳에서 추사의 대표작인 세한도(歲寒圖)가 탄생했다. 그의 예술이 무르익은 곳이기도 하다. 조선시대 귀양제도가 없었더라면 추사의 예술과 다산의 학문이 나왔을까. 고독과 한이 위대함을 만들어 냈으리라.

저녁은 숙소에서 멀지않은 식당에서 갈치구이로 먹었는데 1미터는 됨직한 은갈치가 통째로 나와서 놀라웠다. 식사 후 애월의 해안도로를 드라이브했다. 밤에 보는 해안도로는 신비감까지 들었다. 종일 비가 오락가락하며 젖은 제주는 어디서나 보이는 현무암도 먹빛이고 무리진 해송도 먹빛이어서 특이한 인상을 줬다. 그 먹빛이 바탕에 깔린 밤의 해안도로는 두터운 비구름과 함께 한없이 깊었다. 옥색으로 아름답다는 제주 바다도 검푸른 색으로 장중했다. 유현(幽玄)의 현장이다. 여유 있게 다녔음에도 전날 잠을 제대로 못 잔 상태라 몸이 지쳐 일찍 잠자리에 들었다. 죽은 듯 잤다.

이튿째, 애월읍에 있는 옛날국수집에서 냉면 그릇의 두 배는 될 큰 그릇에 담겨 나오는 잔치국수를 아점으로 먹었다. 또 하나의 식단은 비빔국수, 두 가지만 하는 국숫집이다. 한 그릇을 둘이 먹어도 남길 정도의 양이다. 맛도 훌륭했는데 4천원이다. 제주도는 사람을 놀래키는 요소가 많은 듯하다.

밤에 다녔던 애월 해안도로를 낮에 다시 둘러보았다. 구엄엔 민속등대와 바위 버덩에서 돌소금을 만들던 염전터가 있었다. 여기서 두 번째 스케치를 했다. 바다와 바위가 펼쳐내는 절경의 연속이다.

외도동 월대를 찾아가 해송 세 그루를 만났다. 월대 바로 옆에 기억 자로 꺾인 곰솔이 있고 그 옆에 더 굵고 큰 해송이 늠름했다. 조금 떨어진 곳에 해송 한 그루가 더 있었다. 모두 250년 묵었다고 안내판에 나와 있다. 스케치 세 장을 했다. 솔잎에 맺혀있던 빗방울이 바람 불면 후두둑 스케치북에 떨어져 애를 먹었다. 제주에서는 드문 냇가에 있어 풍치를 빛낸다. 주변에 더 많은 팽나무들도 고목들이고 수세가 빼어났다. 월대(月臺) 두 글자를 새긴 비석이 작지만 필력이 야무진 글씨여서 눈길을 끌었다. 비는 어제와 같이 내리다 말다를 반복한다.

조천에 있는 '시인의 집'이란 북카페를 가봤다. 카페에서 바라보는 바다 풍경이 독특하고 빼어나다. 손 세실리아 시인이 운영하는 카페로 조촐하고 아담하여 정감이 있었다. 한글 자모를 이용한 조형물이 카페 바깥에 몇 개가 세워져 있다. 임옥상 화백의 작품임을 금방 알아볼 수 있었다. 카페의 격이 달라 보였다. 유기농 재료로 만든 피자를 커피와 함께 먹었다. 주인의 시집도 서명을 받아 구입했다. 작은 음악회를 준비하는 걸 보면서 시간 여유가 없어 아쉽게 나왔다. 하귀에 있는 순대국집에서 맛있게 국밥을 먹고 하루의 일정을 끝냈다. 제주의 매력에 점점 빠져 드는 스스로를 보게 된다.

제주도 체류 사흘째, 날이 맑았다. 비 오는 날이어서 아쉬움이 남았던 외도동 월대에 다시 들러 어제 했던 스케치의 미흡한 부분을 보강하고 한 장을 더했다. 가지의 다양한 선이 더 뚜렷하게 보였다. 고목들만이 가지는 연륜에 의한 특유의 태가 있다. 월대 곰솔도 예외가 아니다.

다음 행선지는 산천단이다. 한라산 산신과 하늘에 제사를 지내던 성역이다. 큰길에서 얼마 안 들어갔음에도 다른 세계에 온 듯하다. 부지가 평탄하고 넓었다. 초입에 일곱 그루의 거송이 모여 있고 가장 큰 대표 곰솔이 안쪽 깊숙이 서 있다. 5~6백년의 수령이라고 한다. 같은 수령이라도 육지의 소나무보다는 컸다. 아열대 기후의 영향도 있을 것이다.

여섯 장의 스케치를 했다. 며칠이라도 이곳에 머물며 거송들과 함께하고 싶은 마음을 누르고 자리를 떴다. 마음 놓고 스케치를 할 수 있는 여행이어서 무엇보다 좋다.

제주시에서 서귀포로 넘어가는 고원지대에 제주마 방목장이 있었다. 방목장엔 조랑말이 수십 마리 보였다. 초원에 여기저기 있는 곰솔 무리도 멋지다. 주차장 가에 있는 네 그루도 범상하지가 않다. 스케치는 안하고 사진만 찍었다. 이상하게 스케치를 하고 나면 기력이 빠져서다. 산천단에서 스케치 후 이미 탈진에 가까운 상태였다. 그만큼 전력을 다했다. 스케치하며 기력을 빼앗기는 건 처음이다.

서귀포 쪽은 제주시와 분위기가 또 달랐다. 우선 저쪽에서 안보이던 감귤농장이 흔하게 보였다. 제주에서도 좀 더 남쪽이라는 차이가 작용하는가 보다. 이중섭이 살던 집과 미술관에 들렀다. 1,4평의 방은 참 좁았다. 살아오며 내가 본 가장 작은 방이다. 거기서 가족이 살았다니 기가 막힌다. 이 화백이 산책했다는 당시와 거의 변화가 없는 주변 환경은 좋았다. 미술관에선 이중섭 미술상을 받은 강요배 화백의 초대전이 열리고 있어서 방문의 의미가 컸다. 살았던 집이며 미술관엔 붐비지는 않고 찾아오는 이들이 꾸준히 이어지고 있었다.

천지연폭포는 인파가 바글거려 관광지다웠다. 수학여행 온 학생들이 많다. 폭포 앞은 사람이 가득 차 있어 장터 같았다. 폭포의 수량은 풍성해서 볼 만하다. 겨우 자리를 잡아 스케치 한 장을 할 수 있었다.

가까이 있다는 정방폭포보다는 외돌개가 더 보고 싶어 그쪽으로 향했다. 다른 작가들의 작품을 통해서 익숙한 대상이다. 그들이 이 좋은 소재를 제대로 표현해내지 못했구나 싶다. 스케치를 한 장 했다. 해송을 앞에 두고 그 사이로 보이는 외돌개다. 중문관광단지를 지나 깻깍주상절리를 가봤으나 평범했다. 바라던 곳이 아니었다. 다시 중문으로 돌아와 저녁을 먹었다. 식당 바로 앞에 천제연폭포가 있건만 이미 어두워서 포기할 수밖에 없었다. 전복 코스 요리로 맛나게 포식을 했다.

넷째 날은 오전에 숙소에서 충분히 쉬었다. 아침부터 햇볕이 따갑고 기온이 높았다. 노형동에 있는 제주민속오일장은 그 규모가 아주 컸다. 입구에 있는 대장간 두 곳이 인상적이다. 장터답게 사람들이 붐볐다. 시장에서 가장 유명하다는 떡볶이 맛을 봤다. 시간이 부족해 몇 분의 일이나 봤을 터이다. 민속장의 활성화는 여러모로 고무적이다.

다시 임 화백 화실로 향했다. 화실 맞은편에 있는 식당에서 제주식 육개장을 먹었다. 고사리를 으깨어 끓인 게 특징이다. 또 휘호를 청해서 매죽도와 묵송도 두 점을 쳤다. 임화백도 답례라고 글씨를 휘호해줬다. 청천석상류 명월송간조(淸泉石上流 明月松間照), 맑은 물이 돌 위를 흐르고 밝은 달이 소나무 사이로 비춘다는 좋아하는 글귀다. 이제는 거의 단절되다시피 한 서화인들의 전통이 서양화가와 한국화가

사이에서 생겼다. 귀한 인연으로 여긴다. 다음을 기약하고 작별 인사를 나눴다.

　마지막 일정은 용두암을 둘러보는 것이다. 공항과 가깝기 때문에 남겨뒀다. 관광사진을 통해서 본 용두암은 그 위용이 대단해 보였는데 막상 현장을 보니 그 작은 규모에 실망을 준다. 그럼에도 관광객들은 북적거렸다. 왜 유명해졌는지 모르겠다. 용두암에 얽힌 전설 때문이 아닌가 싶다. 렌터카를 반납하고 여유 있게 공항에 도착해 5시 반 비행기를 탔다, 갈 때는 진에어, 올 때는 아시아나를 이용했다.

　제주 여행은 일정을 정하지 않고 자유롭게 움직였다. 관광지만 찾아다니지 않았다. 주로 소나무지만 14점의 스케치를 했다. 여행하며 이렇게 스케치를 많이 한 경우가 없었다. 제주도는 볼수록 흡인력이 있다. 이번 행보는 만족스러웠다. 첫술에 배부를 수는 없다. 무궁무진한 보고를 발견한 기분이 든다.

11월의 여행

— 외암 민속마을, 서산마애삼존불

11월 첫날부터 시작한 여행은 7박 8일로 마무리되었다. 국내 여행으로론 가장 긴 기간이다. 날씨는 온화하고 맑은 날이 많았다. 1,800킬로를 달렸다. 세세한 일정이 없는 행로였다. 지금껏 가보지 못한 미답지가 우선이었다. 매일 일만 수천 보를 넘게 걸었다. 시간을 여유롭게 가지고자 했다. 큰 무리 없이 여행을 소화하고 만족하며 돌아왔다.

첫날은 아산 맹씨 행단을 둘러봤다. 방문객은 우리 둘 뿐이다. 내다보는 사람도 없다. 남아있는 6백년이 넘은 쌍행수(雙杏樹)가 행단(杏壇)이란 이름에 맞춤하다. 고불 맹사성이 심었다는 은행나무다. 공(工)자형의 고택은 고려시대로 올라가는 가장 오래된 민가다. 고택 뒤쪽으론 세덕사(世德祠)가 있다. 소나무들이 넉넉한 간격으로 둘러싸듯 서 있어 나름 운치가 감돈다. 구괴정(九槐亭)은 집 뒤로 한참 떨어진 곳에 고목인 홰나무 몇 그루와 함께 한다. 입구에 있는 고불 기념관은 문이 잠겨 있었다. 행단으로 들어가는 길은 좁으나 안쪽의 공간은 넓었다.

두 번째 방문지는 외암민속마을이다. 어둠이 내려앉기 직전에 도착했다. 오래 전부터 와보고 싶었다. 초가집이 상당히 많았다. 와가든 초가든 넉넉한 터를 잡고 있어서 인상적이다. 관광용으로 조성된 민속마을이 아니고 주민들이 생활하는 오래된 마을이기에 더욱 소중하다. 살아있는 민속박물관이라 하겠다. 소나무, 감나무, 대나무가 어우러졌다. 집집마다 둘러친 두터운 돌담이 특징 중 하나다. 동네 안쪽에 있는 한 집은 넓은 울안에 아름드리로 이뤄진 제법 큰 솔숲이 있어 부러움을 자아냈다. 온양에서 첫 여장을 풀었다.

둘째 날은 서산마애삼존불을 찾았다. 보호각이 있을 때 한 번 가봤었다. 집이 철거됐다는 기사는 봤었다. 자연광을 받으며 감도는 백제의 미소는 더욱 아름다웠다. 입구서부터 오르는 돌계단이며 관리사무소도 절처럼 지어져 잘 정돈되어 있다. 이 나라에 있는 고금을 가리지 않고 모든 불상 중 가장 좋아하는 부처님이다.

오전의 부드러운 가을 햇살이 본존의 상반신만 어루만졌다. 선한 눈매와 미소는 형언하기 어렵다. 본존불만 스케치를 한 장 했다. 종일 머물고 싶었다. 아니 곁에서 산다면 얼마나 닮을 수 있을까. 햇살에 따라 하루에도 여러 다른 표정을 보여주는 부처님이다. 떨어지지 않는 발길을 돌렸다. 가까이 있는 보원사지를 어찌 외면할 꺼냐.

보원사지 귀퉁이에는 보원사가 새로 세워져 있었다. 작은 절이다. 십년이 채 안된다고 했다. 비구니 스님과 보살님 두 분이 햇살 따뜻한 집 앞에 같이 앉아 말린 고추를 다듬고 있었다. 약차 한 잔 마시고 가라는 권유를 받고 지나쳐 폐사지를 둘러봤다. 정돈이 많이 돼 있었다. 여기를 다녀간 지 이십 년이 넘었다. 개심사로 가는 등산로가 있었다. 산길로는 가까운 거리다. 체력에 자신이 없으니 포기다.

오층석탑, 법인국사보승탑과 탑비를 둘러보고 돌아오며 절에 들러 법당에 들어가 삼배를 올렸다. 예불 드리고 나오니 약차를 내오고 불전에 올렸던 좋은 쌀이라며 한 봉지를 비구니 스님이 주셨다. 활달하며 밝은 웃음이 이웃 마애불과 닮은 스님이다. 절 마당의 감나무가 눈길을 끌어 건물의 일부와 함께 스케치를 했다. 전시회를 하면 알려달란다. 내 개인전 팸플릿을 드렸다.

간월암으로 향하는 중에 홍성을 지나다 만해 한용운 생가 표지판을 봤다. 되돌아가 생가를 찾았다. 백야 김좌진 장군 생가도 가는 길에 있었다. 생가엔 만해문학체험관도 있다. 문은 열려 있는데 직원이 안보였다. 전시장엔 만해 스님의 한시 세 편을 석주 큰스님이 써 걸은 게 있는데 그중에 증별(贈別)은 작년에 '님의 침묵 초대전'에 출품한 황국도(黃菊圖)에 화제로 써넣었던 시다. 방문객이 몇 명 있었다. 백담사 입구에 만해마을이 있고, 님의 침묵 초대전에 작품을 내며 인연이 이어진다. 젊은 시절부터 만해 문학에 유난히 심취했던 편이다. 생가를 방문하고 나니 마음이 가뿐해진다.

간월암은 잠깐 들렀다. 물때라 건너지 못한 채 바라만 보고 안면도로 향했다. 안면도는 소나무의 보고다. 학술적으로 온전한 토종 소나무가 있는 곳이기도 하다. 자연휴양림을 방문했으나 시간이 늦어 출입이 안되는 걸 사정해 들어갈 수 있었다. 금강송들이 즐비했다. 휴양림보다는 가는 길목에 보이던 산마다 울창한 송림이 더 매력적이다. 변

산 채석강 대명콘도에서 일박을 했다. 늦은 시간에 도착해 주변은 볼
수 없었다.

― 채석강, 선운사, 진도

셋째 날, 콘도에서 가까운 채석강을 걸어갔다. 길섶엔 이제야 봉오리
를 맺고 있거나 피어나는 감국들이 보였다. 억새도 윤기가 났다. 가을
이 진행 중이다. 흔히 있는 소철나무가 제주도보다 더 건강한 모습이
다. 아침임에도 사람들이 많았다.

켜켜이 쌓인 바위며 반석들이 추상화의 집합이다. 스케치를 한 장 했
다. 여기도 와보고 싶었던 곳이다. 감개가 무량했다. 포구에 있는 한
식당에서 바지락칼국수와 백합죽으로 아침 식사를 맛있게 먹었다.

내소사로 가는 길에 있는 왕포 마을로 들어가 포구 정자에서 가져간
휴대용 가스레인지에 물을 끓여 믹스커피를 타마셨는데, 커피 맛이 각
별했다. 갯벌을 낀 바다에는 갈매기가 많았다. 예전엔 활기찬 포구였다
는 안내판이 정자 옆에 있었다. 풍광이 눈맛을 시원하게 했다.

내소사는 인산인해였다. 예전에 문인들과 삔 다리로 절뚝이며 간신
히 절까지 갔었고 절은 둘러보지도 못했었다. 이번엔 찬찬히 둘러볼
수 있었다. 천년 느티나무 뿌리 쪽만 스케치를 했다. 맑고 쾌적한 날씨
가 고맙다. 단풍철이라 관광객이 몰리는 듯한데 이제 물들어가는 중
이다.

좀 늦은 시간이지만 선운사에 들렀다. 매표소에서 대웅전까지 걸어

가기엔 거리가 있어 체력도 달리고 시간도 부족하다. 사정을 말하니 흔쾌하게 차가 들어갈 수 있도록 허락을 해줬다. 덕분에 절 앞에 차를 세우고 절을 둘러볼 수 있었다.

뒤쪽의 동백숲은 울창하고 검고 푸르렀다. 대웅전 부처님의 모습은 감명을 줬다. 크기며 점잖은 표정이며 배경의 고담한 탱화가 어우러진 분위기가 다른 절에서는 보기 어려운 것이다. 시간이 주어졌다면 도솔암도 가보고 소탈한 모습의 마애불이며 그 앞의 천연기념물인 장수송도 스케치를 했을 것인데 아쉬웠다. 좀 멀었지만 진도로 들어가 진도읍에서 일박을 했다.

넷째 날 아침을 진도에서 맞았다. 진도엔 지인이 있어 숙소로 찾아왔다. 지인과 아침을 같이 먹고 군청 옆에 있는 소전미술관에 들렀다. 지인도 진도 생활 오년 차이고 서예도 배우고 국악도 공부하고 있지만 여긴 못 들렀다고 한다.

소전 손재형 선생의 작품은 많이 봤으나 그분 고향에 있는 미술관에서 보는 맛은 또 달랐다. 미술관 앞 초등학교 울타리 안에 있는 해송이 거목이다. 키는 안 큰데 몸통이 두 아름은 될 듯 품격이 대단했다. 미술관 뒤쪽 해송 세 그루 또한 늘씬하며 특출나다. 소전 선생 흉상의 뒤편 통창으로 보이는 대숲과 해송의 아래쪽이, 흉상의 배경으로 잘 어울려 감탄을 하게 만든다.

다음 행선지는 운림산방이다. 원래 이 여행의 목적지이기도 한 곳이다. 운림산방 바로 앞에 지어진 전통문화관에선 서예협회 진도지부전이 개막을 앞두고 있었다. 서예가들이 여럿 나와 있다. 지인이 몇몇 그곳 작가들과 인사를 시켜줬다. 서예가 중 장전 선생의 사촌동생이 반겨줬다.

그 옆 다른 전시실은 백포정사(白浦精舍)란 현판이 달려있고 '그리운 고향'이란 표제로 백포 곽남배 화백의 작품과 사용하던 필묵연이며 전각이 전시되어 있었다. 백포 선생이 나를 아껴주던 기억이 새록새록 떠올랐다.

운림산방은 사진으로 수없이 봐왔다. 그런데도 이상하게 여러 번 진도를 지나치면서도 오게 되질 않았다. 운림산방 툇마루에 앉아 따사로운 햇볕을 한참 즐겼다. 뒤쪽 살림집 마루에서도 앉아서 쉬었다. 집 분위기에 젖어들고 싶어서다. 산방도 살림집도 소치의 예술 정신을 아끼는 이가 살며 손님을 맞이하고 차를 내놓으면 얼마나 좋을까 하는 생각을 해 보았다. 그러면 집엔 윤기와 온기가 얼마나 더 많이 돌까 하는 생각과 더불어. 다산초당에서도 그런 경험을 했었다.

소치 기념관과 진도 역사관도 둘러봤다. 역사관엔 박행보 선생 작품실이 별도로 있었다. 같은 현대한국화협회 회원이기도 하다.

남진미술관엘 들렀다. 진도의 지인이 동행해 안내를 해주니 편하고 고마웠다. 미술관에서는 아들 부부가 수장고의 작품을 꺼내놓고 정리를 하느라 여념이 없다. 전시장 문을 열어줘서 둘러볼 수 있었다. 장전 하남호 선생이 79년 춘천에 와 예맥다방에서 개인전을 하셨고 주문 작품을 내 묵촌화실에서 쓰시며 나를 아끼셨다. 때마침 백포 선생이 왔을 때 나까지 삼인 합작 작품을 세 점 휘호해 한 점씩 나눠가지기도 했다. 대가들과 애송이 작가였던 내가 합작을 했다는 건 보통 파격이 아니다.

보헌화실이며 취묵정 등 장전 선생이 써주신 현판 글씨를 가지고 있다. 살아계실 때 찾아 뵙지 못함이 후회가 됐다. 남진미술관 앞집은 임농 임철경 화백 생가다. 같은 현대한국화협회 회원이다. 임농산방(林農山房)이라 대문에 현판이 붙어있다. 인기척이 없고 대문이 닫혀있다.

세월호의 아픔이 진하게 배어있는 팽목항에 들렀다. 이제야 와본다. 낙조를 여기서 만났다. 남도에서 보는 석양의 붉은 해는 쟁반처럼 크다. 현수막 글씨들을 보며 걷노라니 눈시울이 뜨거워진다. 세월호는 여전히 바다 속에 있다.

해가 지는 중이라도 세방낙조를 가봐야 한다며 그쪽으로 달려갔다. 팽목항에서 본 해를 겹쳐 놓아보니 세방낙조의 풍경과 절묘하게 어울린다. 오죽하면 지명으로 붙었고 명소가 되었겠는가. 스케치 한 장, 가는 길목에 있는 동석산의 멋진 통바위도 인상 깊었다. 팽목항에서도 멀리 보이며 두드러졌었다.

지인의 단골인 갤러리 식당에서 바지락수제비로 저녁을 먹었다. 진도 특산인 울금물로 반죽해 노란 빛깔이 고왔다. 식당에 남강 김원 화백의 산수 소품이 걸려 있어 주인장께 물으니 친했단다. 인사동에서 나를 만나면 남강 화백은 늘 정겹게 대해줬었다. 쥔장은 나와 이야길 나누고 싶어 했으나, 진도 국립남도국악원에서 하는 김일구 명창의 심청가 공연을 가기로 돼있어 서둘러 일어났다. 진도에 와 예상에 없던 국악의 맛도 체험했다. 임회면 죽림마을에 있는 지인 댁에서 일박을 했다.

─ 해남, 금산 보리암, 순천만

　다섯째 날, 잘 자고 일어났다. 아침에 일어나면 생기는 발목의 시큰거림이나 허리가 묵직한 현상이 없었다. 식전에 바닷가까지 산보를 했다. 20분 쯤 걸으면 아름드리 해송이 방풍림으로 늘어선 바닷가다. 바지락이 많이 난다고 한다. 마을과 바다 사이는 논이 제법 넓었다. 논 가운데 직선길이 꽤 길다. 오전에만 오천 보를 넘게 걸었다.

　차려낸 밥상은 오방색을 안배한 거란다. 애호박나물을 상 위에 올리기까지 사연을 듣고는 많이 웃었다. 서울댁으로 불리는 지인이 심은 애호박을 옆집의 광주에 사는 아들이 다니러 왔다가 자기 집 것인 줄 알고 이른 아침에 탐스러운 호박 두 개를 따갔다. 우리들 주려고 따지 않고 아껴둔 호박이었다. 반찬 만들고자 따러 갔더니 사라졌을 때 심정이 와 닿았다. 옆집 할머니가 출타 중이라 생긴 일이다. 호박을 찾으러 갔더니 사람이 없고 따간 호박만 보이더란다. 자기 것이지만 한 개만 가져와 나물을 만들었다. 그래선지 유난히 맛났다. 시금치나물에 몇 가지 견과와 잔멸치를 함께 볶은 것, 김치, 하나같이 정갈하고 맛이 있었다. 오래도록 마음에 깊이 남을 아침밥상이다.

　식사 후 호박 나물을 나눠서 옆집에 가져가니, 아들이 호박이 없어져서 동네 사람이 지나다 가져간 줄 알았단다. 어머니와 통화해 서울댁 호박이란 말도 들었다고 한다. 윤이 자르르 흐르는 특A급 애호박이 만들어낸 소극이다.

　오후 1시경에야 일어났다. 지인은 이별을 아쉬워하며 이것저것 챙겨줬다. 동석산으로 가서 스케치를 한 장 했다. 진도대교 아래로 흐르는 울돌목을 보고자 하다가 엉뚱한 길목으로 접어 들고 도중에 꽃이 많이 핀 동백나무를 만났다. 보는 사람이 없으니 우리를 끌어당긴 모양이다. 잘 핀 동백꽃 본 것으로 헛시간은 아니라고 위안을 삼았다. 울돌목은 물때가 아니어서 잔잔한 편이다. 소용돌이가 시시각각 거칠어지는 걸 보면서 떠났다.

해남 두륜산 대둔사로 향했다. 대흥사로 부르던 고찰이다. 해남읍을 지나는 중에 커피가 마시고 싶어 길가 쉼터에 차를 세우고 두 번째 노천커피를 만들어 마셨다. 마침 앞에 넓은 고구마 밭이 펼쳐지고 중경엔 작은 동산에 소나무 숲이 아담했다. 비록 믹스커피를 탄 것이지만 그 맛만은 여전히 훌륭했다.

절 바로 앞까지 갔을 때 출입문이 안내방송과 더불어 차단됐다. 유선여관을 둘러보는 것으로 발길을 돌렸다. 남해군으로 가는 길에 보성 녹차휴게소에서 고등어구이와 꼬막된장찌개로 저녁을 먹었다. 남해대교를 건너면 있는 노량포구에서 여장을 풀었다. 목적지는 보리암이다.

여섯째 날, 일어나자 바로 채비를 하고 남해 끝자락에 있는 금산 보리암을 향해 출발, 아침인데도 보리암 주차장엔 승용차며 관광버스가 모여든다.

낙산사, 강화 보문사와 더불어 한국 삼대 관음성지다. 절 주변 큼직한 바위들이 모두 부처거나 나한의 얼굴로 보였다. 이런 경험은 또 처음이다. 기도객도 많았고 등산객도 단체로 온 듯 팀별로 기념사진 찍느라 좁은 공간이 시장보다 더 복잡하다. 해수관음상 주변이 특히 그랬다. 11시 반에 만불전 아래서 점심 공양을 하는 것을 알고 줄서서 기다려 아점으로 시장기를 쫓았다.

보리암에서 내려다보면 해수욕장 마을이 있다. 모래가 고와서 은모래 해수욕장이라 불린다. 방풍림으로 심은 해송들이 크기와 굵기가 볼만하고 기품 있다. 바닷물 색도 비췻빛으로 고왔다. 우아한 분위기다. 철이 지나 조용하다. 그래도 사람들이 더러 있어 적막하지는 않았다.

다음은 순천만이다. 아름다운 석양을 보며 갈대밭을 아쉽지 않게 산보할 수 있었다. 갈대 축제의 마지막 날인데 공연도 끝나고 철거 중이다. 사람은 끊임없이 장사진을 치고 나오는 사람, 들어가는 사람이 많았다.

순천만 주변엔 식당가가 형성되어 큰 식당에도 손님들이 꽉 차있다. 순천만 일번가에서 꼬막정식과 짱뚱어탕으로 저녁을 잘 먹었다. 반찬이 가짓수도 많고 양도 푸짐하며 맛도 훌륭하다. 몇 차례 안 되지만 여행하며 순천서 먹었던 음식들이 다 좋았다. 순천만 문학관도 들러보고 싶었으나 늦은 시간이다. 순천에서 일박을 했다.

― 전북 순창 강천산

일곱째 날이다. 첫 식사는 가는 중에 눈길을 끄는 곳에서 먹기로 했다. 곡성 석곡면에서 흑돼지 석쇠불고기 백반으로 아점을 삼았다. 음식이 깔끔하고 맛났다. 순창 강천산으로 가는 길목 어디쯤엔가 길가에 박덕은 미술관이란 안내판이 서있어 들러봤다. 주변은 농장이다. 마을과도 한참 떨어져 있다. 올라갔더니 문학관도 같이 있었다.

큰 한옥은 미술관이고 곁에 작은 한옥은 문학관이다. 미술관은 주로 사진을 컴퓨터그래픽 작업으로 변용시킨 작품들로 채워졌다. 박덕은 교수는 전남대에서 정년퇴임을 했고 전공은 문학 쪽이다. 자칭 낭만대통령, 닉네임을 '지리산 풀꽃 헤르소'라 쓴다고 시집에 나와 있다. 부지런하고 호쾌하신 분인 듯하다.

순창 강천산은 호남의 금강산으로 불린다고 한다. 작년까지는 모르고 있었다. 인터넷 카페에서 강천산 구장군폭포 사진을 봤었다. 어떻게 이런 폭포가 있는지 놀라웠다. 일부러 검색을 해보니 등산인들이 찍은 사진이 여기저기 많이 보였다. 강천산의 또 다른 폭포인 병풍폭포는 산수화로 그린 걸 몇 번 봤지만 그다지 관심이 가지 않아서 강천산을 주목하지 못했다. 그런데 우연히 접한 구장군폭포는 주변 바위와 쌍폭의 높이며 그 모양이 변화도 풍부하고 여간 매력적인 게 아니었다. 이번 여정에 필수 답사처로 삼았다. 오로지 폭포만 관심사다.

주차장 둘레부터 붉은 단풍이 눈길을 끌더니 폭포까지 가는 길은 단풍 터널이었다. 가을이 이렇게도 농염하고 농밀하게 열기 없이 활활 불탈 수 있음에 탄성이 절로 나왔다. 이 붉은 기운을 가슴 속에 꾹꾹 눌러 담아서 이번 겨울을 견뎌내야겠다고 다짐을 했다. 가외의 선물을 받은 기분이다.

길은 평탄하고 넓었으나 폭포까지 가는 초행길은 멀었다. 잘 꾸민 정원 같은 계곡과 맑은 청류와 벗하며 걷기에 좋았다. 강천사를 지나 조금 더 올라가면 있는 구장군폭포는 위용이 대단했다. 갈수기인데도 물줄기가 힘차다. 알고 보니 가물 때는 인공으로 물을 끌어올려서란다.

그럼에도 자연미는 전혀 훼손됨이 없다. 백 미터가 넘어 보인다. 설악산 토왕성 폭포를 빼면 높이로도 압권이다. 전망하기 편안하기로는 또 어떤가. 전망대를 겸하는 산수정도 있다. 나는 겨우 왼쪽 폭포만 스케치를 했다. 시간이 부족해서다. 나름 정밀하게 한 스케치는 변산 채석강, 진도의 동석산과 구장군폭포다. 바위의 입체적 구성이며 소나무와 잡목의 어울림, 폭포 물줄기의 변화, 직폭과 와폭의 적절한 안배는 감탄을 자아내게 만든다. 한 마디로 빼어난 산수경이다.

돌아오는 길에 멋쟁이 노부부가 말을 걸어왔다. 사진을 찍어주겠다면서 대화가 트였고 명함도 주고 받았으나 이분들이 누군지는 몰랐다. 노무현 정부시절 주 바티칸 대사를 지낸 성염 교수 전순란 여사 부부였다. 함양에 귀촌해 사시는 지 오년 째란다. 서강대 철학과 교수로 정년퇴임을 했다. 성 교수는 해방신학을 처음 번역해 한국 교계에 변화를 줬다. 백남기 선생 장례위원으로 부부가 함께 명단에 들어가 있다. 언제든 방문하면 환영하겠단다. 전혀 생각지도 않았던 귀한 만남이다.

순창읍에 있는 게스트 하우스 금산여관에서 여장을 풀었다. 오래된 여관을 리모델링 했단다. 마침 순창에 귀농한 지인이 있어 떡갈비 정식으로 저녁 대접을 받았고, 금산여관까지 안내를 해줬다. 여관에 붙어 있는 작은 방랑카페에서 원두커피와 수제 생맥주를 마시며 환담을 나눴다. 헤어진 후 지인은 집에 가서 들깨가루며 참깨, 대봉감, 꽃차 등을 가져와 우리 차 옆에 놓고 갔다. 비오는 늦은 시간인데도 불구하고. 그 정성이 정말 고마웠다. 여정의 마지막 밤이다.

여덟째 날, 금산여관에서 주인장이 아침에 누룽지를 내놨다. 나는 누룽지를 안 먹는 사람인데 한 그릇을 거뜬히 비웠다. 식사 후 차를 마시며 대화를 나눠 보니 주인장은 옛 것을 소중히 여겼고, 또한 그런 끈끈한 정으로 사람을 끄는 힘이 있는 사람이었다.

금산여관을 나와 곧장 40분 거리의 쌍치로 향했다. 고향마을에 수목장을 한 무사 아우를 찾아가는 길이다. 아우와는 여러 번 함께 와봤지만 스스로 찾기는 초행이다. 다행히 헤매지 않고 잘 찾아갔다. 아우의 산을 관리하는 오 씨 댁도 바로 알 수 있었다.

아우가 잠들고 있는 나무는 굵기와 크기가 건실한 소나무였다. 내가 비문을 써준 건 석각해 땅속에 묻었단다. 앞이 트이고 양지바르다. 장례를 치른 지 6년만의 방문이다. 생전에 좋아했던 막걸리 한 잔 따라 주고 내려왔다. 앞장 서주었던 오 씨는 내려오다 만 원을 길에서 주웠다. 안내를 잘 해서 무사 아우가 형님께 드리는 사례라고 일러줬다. 만 원권의 접혀져 있는 반듯한 모습이 아우가 생전에 돈을 간수하던 그 모습 그대로였기 때문이다.

돌아오는 길, 남원의 광한루원을 둘러보고 옆에 있는 삼대 원조 할매집에서 남원추어탕으로 점심을 먹었다. 홍천강 휴게소에서 저녁을 먹고 밤 열두 시가 다 되어서야 산막골에 도착했다. 이렇게 내 생애 가장 긴 국내여행을 마무리했다. 무엇보다 무사 아우를 뒤늦게라도 찾아가서 마음의 짐을 내려놓을 수 있었다. 진도 운림산방도 숙원이었다. 금산 보리암. 강천산 구장군 폭포와 만남은 의미가 깊다. 큰 일 없이 지치지 않고 돌아와 더욱 다행스럽다.

만추 여행

─ 김해, 봉하, 통영, 진주, 여수, 부석사

11월 2일, 동행하기로 했던 한 분이 빠지고 지인이 운전하고 정 시인이 동승해 남쪽을 향해 출발, 첫 목적지는 삼랑진이다. 무실요(茂實窯)에 도착, 환대를 받았다. 일면식도 없는 내게 귀한 천연염색 옷을 만들어준 고마움에 소나무 작품 한 점을 가져갔다. 매화가 곁들여진 쌍청도(雙淸圖)이다. 부자(父子)가 도자기를 굽고 부인이 천염염색과 생활한복을 짓고 있다. 단감 과수원이 밀집한 낮은 산 능선에 자리 잡아 전망이 훌륭했다. 정 시인의 친지가 울산에서 와 합석. 첫 만남이지만 오랜 인연처럼 스스럼이 없었다. 정 시인 일행과는 무실요 아랫마을 식당에서 저녁을 같이 먹고 헤어졌다.

삼랑진 천연염색 옷을 여행 첫날부터 입었고 김해와 통영을 다니면서도 걸쳤다. 옷으로 인해 시선을 받았다. 김해공고의 선생님이나 학생들이 그랬다. 목례를 많이 받았다. 김수로 왕릉에 가서도, 통영의 이순신공원과 충렬사에서도 옷에 대한 이야기가 나왔었다. 남다르고 잘 어울린다는 평가였다. 솜씨 좋은 옷을 입고 다닌 덕분이다. 옷이 날개란 말이 괜히 나왔겠는가.

김해에서 일박, 오전에 김해공고 교정에 있는 와룡매(臥龍梅)를 둘러봤다. 인터넷을 통해 알게 된 매화다. 교문서부터 본관 교사까지 길 양쪽으로 줄지어 있었다. 나무가 크지 않아도 고매(古梅)의 품격이 형(形)과 태(態), 모두 빼어나다. 학생부장 선생님이 자전거를 타고 가는 걸 세워서 물으니, 어느 한 그루를 특정해 와룡매라 하는 건 없단다. 네 그루가 특히 굵고 기이하다는 말씀이다. 아직 잎이 무성해 잔가지까지 볼 수 없음이 마냥 아쉬웠다. 사진을 많이 찍었다.

김해까지 와서 김수로 왕릉을 어찌 외면할까. 가보니 숭선전 춘추제 향을 올리는 날이다. 왕릉 안 비석과 전각들의 현판, 주련 글씨가 모두 빼어나서 인상 깊었다. 능 밖 구하(龜何)란 카페에서 지인이 활동하는 카페 회원인 김해 사는 분을 만나 커피를 앞에 놓고 환담을 나누며 창밖으로 보이는 가을 정취를 한동안 누렸다.

김해에서 가까운 진영의 봉하 마을을 지나칠 수 없었다. 08년 노무현 대통령이 살아 계실 때 퇴임 일 년차에 노하우21 회원들과 함께 만나 뵙고 율곡송을 전달하고는 이번이 두 번째 방문이 된다. 국화 한 송이를 들고 묘소를 참배했다. 만감이 교차했다. 노무현 대통령이 있었으므로 현재의 문재인 대통령이 존재하는 것이니 묘 앞 철판에 새겨진 어록 '민주주의 최후의 보루는 깨어있는 시민의 조직된 힘입니다'가 촛불집회로 실현됐다.

통영으로 가는 길에 거가 휴게소에서 잠깐 머물며 스케치를 한 장했다. 풍광이 아름다웠다. 해저터널과 거가대교, 거제도를 거쳐 통영에서 여장을 풀었다.

다음날 청마 문학관이 인근에 있어 거기부터 들렀다. 바다가 보이는 언덕에 자리 잡았다. 위쪽엔 생가도 재현해 났는데 이게 고증을 받아서 세운 건지 의아했다. 청마의 부친이 한약방을 했다는 유복한 집치고는 규모가 작고 어울리지 않아서다. 약장조차 없다. 나전칠기와 소목장이 유명한 고장의 장점을 전혀 살리지 못했다.

이순신 공원이 또한 멀지 않아 공원을 둘러보고 충렬사로 길을 잡았다. 경내에 있는 천연기념물로 지정된 동백나무를 스케치, 백석 시인이 이곳 계단에서 통영 처녀를 그리워했다는 사연을 얼마 전 '알쓸신잡' 방송에서 본 바가 있다. 고풍이 어린 곳을 고루 둘러봤다.

주차장 곁에 있는 쉼터 주인 아주머니가 충렬사로 가는데 차 마시고 가라고 붙잡아, 나오며 들르겠다고 했다. 주차장 관리 아줌마도 같이 점심을 먹다가 다시 반겼다. 진한 대추차가 나오고 찐 고구마와 김치도 내놨다. 시장하던 터라 꿀맛이었다. 포도즙도 가져왔다. 대추차 값만 받았다. 고마워서 내 책을 서명해 드렸다. 쉼터에서 파는 열쇠고리와 쑥차를 선물 받았다. 장사 속이 아닌 인정이 귀하게 받아들여졌다.

다음 행선지는 전혁림 미술관이다. 가는 길에 승용차 타이어에 문제가 생겨 앞의 두개를 새로 갈아 끼웠다. 타이어를 교체하는데 한 시간 반이 걸린다 하고, 미술관이 칠백 미터 거리에 있다 해서 걸어갔다. 통영에서 가장 가보고 싶은 곳이 전혁림 미술관이었다. 생전에 전 화백이 미술전문방송에 다큐로 나온 것을 본적이 있었다.

통영 시내버스 정류장에는 전혁림 화백의 사진과 설명이 붙어있어 눈길을 끌었다. 이런 도시가 통영 말고 또 있을 것인가. 김용익이라는 생소한 통영 출신 소설가도 좀 작게 같이 소개되어 있다. 통영을 가장 잘 화폭에 용해시킨 거장에 합당한 예우이자 존경이고 사랑이 느껴졌다. 통영이 낳은 문학과 음악, 미술의 거장들이 즐비한 고장이다. 미술관은 생각보다 크지 않았다. 그러나 전 화백의 예술세계를 이해하는 데는 부족하다고 여기지 않는다.

차를 찾아 타고 윤이상 기념관으로 가 찬찬히 둘러볼 수 있었다. 한국이 낳은 위대한 작곡가다. 윤이상 선생의 생애와 음악 세계에 오래전부터 관심을 많이 가지고 있었다. 예전 종합예술지 '공간', 여러 음악 잡지와 월간지 '뿌리깊은나무'같은 다양한 매체를 통해서였다. 문대통령이 통영의 동백나무를 가져가 독일에 있는 묘소에 심었다는 보도를 보며 뭉클한 감회가 있었다.

세병관까지 둘러보고 통영에서 2박을 했다. 한산도 가는 것은 때가 아닌지 이번에도 포기다. 밤의 통영시장을 구경하고 충무김밥집이 모여 있는 곳에서 다시 충무김밥을 포장해서 가져왔다. 명물 꿀빵도 구입.

11월 5일, 진주로 향했다. 진주는 초행이다. 촉석루와 진주성을 진주 주민인 지인의 카페 회원과 같이 둘러봤다. 개발이 된 현재도 남강과 촉석루의 정감은 살아있어 놀라웠다. 의기사의 논개 영정은 이당의 것에서 윤여환의 것으로 바꾸어 있었다. 촉석루는 다른 곳과는 달리 소정 화백을 비롯해 근대 한국화가들의 화폭에 많이 다루어진 소재이다. 수백 년 된 느티나무들은 수십 그루가 고루 분포되어 있으나 소나무는 근래에 식재한 것들뿐이라 조금 실망스러웠다. 진주에 사는 카페 회원이 대접해주신 일식집의 초밥은 초밥 장인의 솜씨로서 평생 맛본 초밥 중 최고였다. 두 시간 반 동안 맛본 다양한 초밥은 모두 감동이었다. 모처럼 과식을 하고도 속이 편했다. 작은 식당 숨어있는 달인 솜씨다. 그 여운은 하루 종일 갔다.

　오랜 세월 마음에 품고 있던 여수의 향일암으로 향했다. 티브이나 사진을 통해서 수없이 봐온 곳이다. 도착해 걸어서 오르는 길이 가팔랐지만 계단이 아닌 길로 가니까 염려했던 것보다는 체력이 감당해 주었다.

　향일암은 불전의 현판이며 주련이 당대의 명필들 솜씨여서 또 다른 볼거리를 주었다. 강암 송성용, 산민 이용, 소헌 정도준 등 공력이 느껴졌다. 보리암에서도 감탄했듯 향일암에서도 역시 절묘한 터 잡음에 탄성이 절로 나왔다. 창건하던 시절로 돌아가 보면 어찌 이런 곳에 절을 세울 수 있었을까 오직 신비롭다 여겨질 뿐이다. 바닷가만이 아니다. 심산유곡 명찰들이 다 그렇다. 그러니 터 잡는데 온갖 신이한 이야기들이 깃들여지기 마련이겠다. 돌산 갓김치를 구입하고 돌아 나오다 여수해상케이블카 공원에서 여수의 야경을 감상하며 산보를 했다. 여수 시내에서 여장을 풀었다.

　여행 내내 날씨는 따뜻하고 쾌청하다. 가볼 곳은 많으나 욕심을 부리면 안된다. 마지막 행선지는 영주의 소수서원과 부석사다. 남해고속도로 섬진강 휴게소에서 캐주얼화 한 켤레 구입, 이 신발이 발을 편하게 해줬다. 발목과 왼쪽 엄지발가락의 통증이 없어졌다. 무릎 관절의 부담도 줄었다. 6만원이 채 안되는 신발로는 대만족이다.

소수서원에 도착한 시간은 오후 4시가 조금 지난 때다. 5시에 문을 닫지만 들어갔다. 20여 년 만에 다시 들른 솔밭이다. 솔밭과의 재회는 흥분하게 만들었다. 언제 지친 몸이었냐는 듯 휘젓고 다녔다. 학자수림(學者樹林)이라 불리듯 삼백년이 넘는 적송림은 품격이 달랐다. 늘씬하고 헌헌장부의 기상이 있다. 스케치는 한 장밖에 못했으나 사진은 많이 찍었다. 사진도 스케치로 옮겨지는 과정을 밟아야 화폭에 살아난다. 영주시에서 일박.

마지막 여정은 부석사다. 이곳도 이십여 년 만에 와본다. 과수원이 진입로 양쪽에 다 있던 것이 왼쪽은 초입이 공원으로 바뀌어 있다. 가로수로 심은 은행나무들은 많이 굵어져 있다. 새 건물도 늘었다. 무량수전은 여전히 천년의 세월에도 당당하고 늠름하다. 이번엔 조사전까지 올라가 봤다. 일차 행보 때는 무량수전까지만 봤었다. 선묘각은 선묘의 영정이 바뀌어 있는데 예전 것만 못하다. 최고의 초상화가한테 맡겨 모나리자처럼 가장 이상형의 모습을 형상화하지 못할까 안타까웠다. 바깥벽 양면과 뒤, 삼면에 그려진 벽화의 선묘 모습이 더 덕스럽고 우아하며 미소 띤 표정이 아름다웠다. 안에 모신 선묘상은 아무리봐도 수준이 아니다. 실망이 컸다.

전날 저녁에도 지나치며 얼핏 눈길을 끌었던 곳을 다시 지나며 소나무와 고목들이 비범해 되돌아 가봤다. 봉도각(逢島閣)이다. 한옥지붕의 무슨 기념관 같았던 건물은 순흥면사무소였다. 봉도각 소나무들은 노송의 태가 서로 다르면서 조화를 이뤘고, 주변의 고목들은 아래쪽 몸통만 남아 젊은 가지들이 솟아있는데 엄청난 굵기였다. 입구엔 애국지사의 추모비가 서있다. 순흥면사무소 뜰에 있는 연리목송은 처진 소나무로, 보물을 만난 듯 반가웠다. 그 앞에 훌륭한 분재 같은 두 갈래 와송이 고태를 풍기며 자리 잡고 있다. 예상하지 못했던 선물처럼 여겨진다. 이렇게 해서 5박 6일의 여정을 마무리했다. 가을의 끝을 마무리한 여행 끝날이 입동이다.

제3부

매화와 소나무를 찾아서

광양 매화마을 탐방

3월 14일, 화필을 잡은 이후 평생 벼르기만 해왔던 남녘의 매화를 만났다. 1974년 국전 서예부에 '묵매'로 입선했을 때까지 매화는 전혀 본 적이 없었다. 선생님의 체본과 개자원 화보의 매보(梅譜)를 가지고 공부했고 이전 국전 도록을 통해서 입, 특선한 매. 난. 국. 죽을 접했다. 흔히 볼 수 있었던 소재는 국화가 유일했다. 대나무와 난도 공부할 때 는 실물을 못 봤다. 사진조차 귀하던 시절이다. 그래도 실물을 참고하고 싶어 매화와 가장 가까운 토종 복숭아나무를 찾아다니며 참고로 삼았다.

화실을 물려받은 후 난분(蘭盆)을 기르고 매분(梅盆)도 몇 년을 가꾸며 백매의 고아함을 직접 볼 수 있었다. 그 정도로는 겨우 목도 못 축이고 마른 입술만 물기를 접하게 하는 수준이었다. 강릉에 가서 대나무는 충족시킬 수 있었다. 율곡매와 도산서원 매화를 통해 겨우 갈증을 달랬다. 매화서옥도(梅花書屋圖)와 같은 분위기는 접하지 못했다.

이제야 그림과 같은 매화마을을 둘러볼 수 있었다.

화개에서 광양 매화마을까지 16킬로, 40리 길은 하얀 눈밭 같은 설경처럼 무진장의 매화밭이 펼쳐져 있었다. 구례를 지나며 만난 섬진강가는 어디라도 대숲과 더불어 매화가 널려있다. 더러는 송,죽,매 세한삼우가 멋지게 어우러진 풍경을 만나면 나도 모르게 탄성을 내질렀다. 제때에 만난 청신한 매화의 만개한 풍광은 황홀 그 자체였다. 직접 만나는 감동은 무엇으로도 대신할 수 없다.

매화마을 가기 전 화엄사부터 먼저 들렀다. 각황전 옆에 있는 흑매를 만나기 위해서다. 화엄사는 초행이다. 절에 들어서자 봉오리로 맺혀있거나 피어나기 시작하는 고목의 동백이 먼저 반겼고 분홍빛 홍매가 맞아줬다. 절의 전각마다 현판과 주련 글씨가 눈길을 끌어 살펴보니 근, 현대 명필들은 다 있는 듯하다. 필력이 무르익은 서예 전시장이다. 동강 조수호, 여초 김응현, 정주상, 이돈흥, 정도준, 등을 확인할 수 있었다. 흑매는 이제야 한두 송이 피어나는 중이지만 연리목으로 귀하고 그 작고 암팡진 꽃 몇 송이가 굽이치는 가지에 달려 매력이 특출하다. 스케치를 했다. 각황전의 단청이 다 퇴락한 고풍스러운 분위기는 그 거대한 석등과 더불어 인상 깊었다. 건물이 큰 만큼 안에 모신 부처님도 위용이 당당하고 삼매에 든 표정이 깊기만 하다. 각황전과 나한전, 원통전이 있는 그 중심에 위치한 흑매의 자리도 의미심장하게 느껴졌다.

영각이며 대웅전을 살펴봤다. 떠나기 위해 차에 오르다 가방을 각황전 앞에 놓고 온 걸 떠올렸다. 사람이 많지 않아 걱정이 되지는 않았으나 지친 몸으로 다녀오는 게 아찔한 심정, 그러나 의외로 힘겹지 않았고 가방은 각황전 처마를 받치고 있는 기둥 밑으로 1미터 쯤 옮겨져 얌전히 있었다. 대단한 게 든 건 없지만 부처님의 가호다. 스케치북을 꺼내느라 놓고서 까맣게 잊고 있었다. 담배 한 갑이 들어있어 꺼내려다 놔두고 온 게 생각나 아차 한 거다. 각황전 아래 감로수를 한 번 더 마시고 흑매를 또 만난 것도 깊은 인연이겠다.

섬진강은 보고 또 봐도 마냥 평화롭고 정겹다. 인공의 손길이 가장 안 닿은 점 때문일까. 큼직한 모래톱이며 대숲, 바위무더기, 강 언덕에 자리 잡은 마을이며 집들이 다감하다. 지리산의 넉넉함이 감싸 안고 있어서 일런가. 지리산과 섬진강의 조화는 찰떡궁합이다. 구례와 화개, 하동 지역은 명찰들이 골마다 둥지를 틀고서 그 품격을 높인다. 범상한 중에 비범함을 감추고 찾는 이에게만 열어 보인다. 산고수장(山高水長)이란 말이 가장 어울리는 지역이다. 강 전망이 좋은 곳 표시판이 있는 위치에 차를 세우고 살펴봤다. 걷지 못하는 아쉬움이 그렇게 만든다. 서둘러 지나치지 못한다. 천천히 달리고 싶어진다.

쌍계사 입구에서 1박을 했다. 3월 15일 오전 일찍 쌍계사로 향했다. 쌍계사는 두 번째 방문이다. 금강문 옆에 있는, 큰 키와 등걸이 미끈한 소나무에 깊은 인상을 받은 바가 있고 다시 그 감흥을 확인하고 싶었다. 위치는 약간 착각이 있었으나 역시 소나무가 주는 감개가 그때만큼은 아니라도 있었다. 첫 방문 때는 대응전과 진감선사비를 가린 채 수리하고 있어서 코앞에서 못 봤었다. 이번에 제대로 봤다. 화엄사와 달리 쌍계사는 공간의 여유가 안 느껴진다. 계단도 그렇고 동선이 편하지 않았다. 부지가 좁아서 그런 배치가 이뤄진 건 아닐 것이다. 나무들은 모두 늘씬하고 계곡은 좋다.

돌아오는 길, 그 유명한 운조루에 들렀다. 타인능해(他人能解) 쌀통으로 굶주린 주민이 없었다는 집이다. 누구든 필요한 만큼 쌀을 받아가게 한, 통나무 속을 파서 만든 뒤주가 있다. 이웃과 더불어 사는 정신. 덕행이 있어 동학혁명이며 여순사건, 육이오전쟁 중에도 피해를 입지 않았다. 금환낙지에 자리 잡은 남한 3대 길지(吉地)라 한다. 길지보다 나눔의 자세가 명가로 알려진 요소라 본다. 집 앞의 연못과 마을을 관통해 흐르는 수로엔 수량이 풍부한 맑은 물이 빠르게 흐르고 있어서 별났다. 봄볕이 마을을 환하게 만들었다. 앞은 들판이 넓게 형성되고 막힘이 없다. 멀리 섬진강이 들판을 감싸고 흐른다. 지리산이 병풍처럼 뒤를 받쳐 준다. 주인의 권유로 누마루에도 올라가 봤다. 발판이 있음에도 툇마루 오르는 것도 높아서 힘들었다. 대청에서 누마루 오르는 것 또한 높았다. 이 불편을 어떻게 견뎠을까. 나오면서 대문간에 내놓고 있는 운조루 종부가 만들었다는 간장을 한 병 구입하고 춘천으로 발걸음을 돌렸다.

남도 탐매행探梅行

― 솔거미술관, 광양 매화마을, 하동 최참판 댁

새 작품을 펼쳐나가기 위해서는 남도의 매화를 찾아보고 스케치 하는 과정이 꼭 필요했다. 정 시인 부부와 지인 차에 함께 타고 남녘행, 중앙고속도로를 이용해 내려가다가 칠곡에서 1박 '

정 시인 부부가 경주의 솔거미술관을 보고자 동행을 하였기에 첫 일정은 솔거미술관 방문이다. 그전에 숙소와 가까운 식당에서 콩나물국밥으로 아침식사를 맛있게 먹었다. 미술관 기획전으로 '남산자락의 소산수묵' 전이 지난 9월 12일부터 3월 25일까지 하고 있다. 대, 소작과 다양한 소재의 작품이 걸려있다. 소산 화백은 인사동에서 전시를 하느라 서울에 머물고 있단다. 미술관 직원에게 내 산문집과 화문집을 전해달라고 맡겼다. 박대성 기증 작품전 [불국설경] 도록과 중국초대전 도록을 구입했다.

불국사 앞 식당에서 정 시인 부부, 정 시인 선배로 울산서 온 분과 점심을 같이 먹었다. 이웃에 있는 커피숍에서 커피까지 마시고 정 시인

네와는 작별, 곧장 김해로 향했다.

김해공고에서 와룡매를 4장 스케치, 오후 들어서며 스케치 끝날 무렵엔 해가 있어도 손이 시려웠다. 와룡매는 지난 가을에 첫 만남이 있었다. 잎이 달려있어 아쉬웠었는데 이번에 소원 성취했다. 꽃봉오리가 부푸는 중이다. 노매화의 수세가 참으로 기기묘묘한 게 많다.

광양시에 들어가며 미역국 전문점에서 전복미역국과 가자미미역국으로 저녁을 먹었다. 신장개업집인데 사군자를 같은 규격으로 그려 액자로 걸은 치장이 참 보기 좋았다. 그림은 제대로 배운 듯한데 훌륭하진 않다. 작가의 낙관도 없다. 잘못 쓴 화제도 있다. 누가 알아보기나 할 것인가. 광양에서 1박.

매화마을 가는 중에는 하동으로 이어지는 다리가 놓이고 섬진강 건너에 하동 송림이 펼쳐져 있다. 광양매화마을엔 오로지 외지인은 우리 뿐이다. 여기도 매화봉오리가 부풀고 있었다. 이 정도 높은 기온이라면 다음 주엔 꽃송이가 피어날 듯하다. 작년 방문 때는 인파에 놀라기도 했고 경황이 없어 매화문화관 쪽만 둘러봤었다. 이번엔 천천히 전 구역을 살펴볼 수 있었다. 다모 촬영지 부근, 매천 황현 선생 흉상이 있는 곳 주변 고매화 몇 그루는 기념목으로 지정해도 손색이 없는 크기와 품격을 갖추어서 감동을 줬다. 매화나무 사이에 청보라 봄까치꽃이 여러 송이 피어있는 걸 봤다. 반가웠다. 스케치는 겨우 1장만 하고 매화에 홀려 다녔다.

섬진강은 계절에 상관없이 만날 때마다 가슴을 뭉클하게 만든다. 전국에 있는 어떤 강도 섬진강이 주는 감흥을 따르지 못한다. 아름다움이야 늘 접하는 북한강이 더할지 몰라도 특유의 정서가 풍부한 섬진강은 천연의 모습이 간직되어서 더 이끌린다. 백사장이며 여울, 주변의 대숲, 지리산과 어우러지며 깃든 마을들, 거기에 얽힌 역사와 인문의 향기는 단연 최고다. 고유의 미덕을 고스란히 간직하고 있는 속 깊고 순박한 정이 많은 자연이다. 오래 오래 지켜져 갔으면 하는 바람 간절하다.

남녘에 오면 지나치기만 하던 하동솔밭엘 들렀다. 역시 솔밭에 들어가 봐야 진면목을 만난다. 지나치며 보는 것과는 천양지차다. 백사장 먼지로 피해를 보는 백성들을 위해 방풍림으로 심었다는 전천상(田天祥) 도호부사의 애민정신이 오늘날 하동 명물로 살아있어 자랑스럽다. 소나무 화가로 이제야 찾은 게 죄송하다는 생각이 들었다. 부부송과 노송 한 그루 2장의 스케치를 하고 한 바퀴 돌며 살펴봤다. 백사장도 참 넓다. 시간이 부족해 다음을 기약하고 떠났다.

멀지않은 곳에 있는 최 참판 댁을 지인이 아직 못 가봤다 해서 그리로 향했다. 평사리 벌판의 부부송이 내겐 관심사다. 부부송부터 둘러보고 최 참판 댁으로 갔다. 어디나 인적이 없다. 설을 앞두고 있어서이겠다. 겉만 보다가 처마 밑에 제기며 굴렁쇠며 민속놀이 기구가 몇 가지 놓여있어서 흥미를 끌었다. 굴렁쇠를 들었다. 도대체 얼마 만에 굴려보는 것인가. 동심이 살아났다. 어설픈 대로 금방 굴리고 다닐 수 있었다. 초등생 이후 처음 해본다. 60대 중반의 노인이 굴리는 굴렁쇠다.

전주에서 1박을 했다. 지인의 여동생과 저녁을 먹었다. 전주 지역 작가들의 오래된 한국화며 서예 작품이 눈길을 끌었다. 다음 날 아침 효자 추모원에 들렀다. 지인의 모친을 모신 곳이다. 아침에 가을이가 새끼를 낳았다는 전화를 사현재로부터 받았다. 조만간 낳을 거라고 예상은 했으나 하필이면 여행 중에 출산을 하다니 마음이 바쁘다. 사현 재서 지켜보고 보살핀다고 했다. 올라오는 길은 한산했다. 내려가는 길은 주차장처럼 빼곡하다. 해지기 전에 산막골 들어올 수 있었다. 세심 폭포부터 영하권이다.

남도 심매행南道 尋梅行

― 선암사

  순천 선암사로 홍매를 찾아갔다. 오래 전부터 별러 왔던 심매행, 다 때가 있는지라 그 시기를 놓치면 또 한 해를 기다려야 한다. 만개하기 전 봉오리가 맺혀 있을 때가 스케치의 적기다.

  전주를 지나 순천 쪽으로 가는 길가의 수목엔 새순이 솟고 진달래, 개나리가 피어있었다. 아예 신록이 퍼진 곳도 있었다. 곳곳에서 활짝 핀 백매들이 반겼다. 매화들이 늦청대다가 당황한 모습으로 보이기도 했다. 선암사가 가까워질수록 하늘은 점점 두텁게 흐려갔다.

  선암사 주차장에 도착한 시간이 오후 4시경이었다. 매표소를 지나 십여 미터나 갔을까. 세상에! 소설가 최종남 선생을 만나다니! 형님은 이미 선암사를 둘러보고 내려오는 길이었다. 지난번 표현시 출간기념회 때 선암사 매화를 보러간다는 말을 들었고, 나 또한 계획에 있다며 어쩌면 만날지도 모른다는 말을 하긴 했었지만, 두 사람 다 이렇게 실제로 만날 거라곤 생각지도 못했었다. 하도 반가워 얼싸 안았다. 종남 형은 진해를 거쳐 충무로 갈 거라 했다. 서로의 일정상 만나자마자 엇갈려 차 한 잔 못하고 헤어져야 해서 못내 아쉬웠다. 살다보면 이런 일도 생긴다. 봄날 역사 문화 유적을 찾는 종남 형님의 홀로 여행이 빛나 보였다.

선암사로 가는 길은 내려오는 사람들이 몇 명 있었을 뿐 호젓했고 평탄하고 넓었다. 양 기슭을 뒤덮고 있는 키 작은 산죽들과 아름다운 잡목과 고목들이 섞인 조화로운 숲이 고찰로 가는 분위기를 돋우었다. 큼직한 바위들과 어울리며 노래하는 계류도 제법 풍성하게 흘렀다. 편백나무 숲과 몇 군데 부도군과 비석의 무리가 선암사의 오랜 역사를 말해준다. 역시 보물인 홍예로된 승선교와 강선루가 어우러진 풍광이 왜 유명한지 알겠다. 강선루 부근에 이르자 빗방울이 떨어지기 시작한다. 강선루부터 본격적인 선암사 경내가 시작된다. 절 건물들은 비탈을 이용해 층층이 들어서있다. 절 입구에 작은 야생차밭이 있고 주변 편백나무들이 늘씬하다.

일주문을 들어서 절 안쪽으로 들어가며 먼저 눈길을 끄는 것은 만세루 처마 밑에 걸려있는 육조고사(六朝古寺)의 현판 글씨다. 글씨의 획들이 힘차며 단순하고 투박하다. 글자가 조화를 이뤄내기 어려운 배합이건만 절묘하게 조화시켰다. 육(六)과 고(古)가 조(朝), 사(寺)와 어우러지기 까다로운 글자다. 멋있는 필치가 아니다. 그럼에도 서예를 모르는 사람조차 왠지 범속을 넘어선 탈속한 듯 예사롭지 않은 분위기에 이끌린다. 고박(古朴)함의 힘이다. 육의 윗점, 못을 구부린듯한 변형은 절묘하다. 이 때문에 개 견(犬)이나 큰 대(大)로 읽는 웃지 못할 일도 생긴다. 사(寺)의 가로획 들이 주는 파격도 놀랍다. 막대기 같은 획선이 멋없어 보임에도 그것들이 모여서 멋진 글씨로 다가온다. 멋지다는 표현으로는 부족한, 간결함 속에 현묘(玄妙)함이 스며있다. 어디서도 이와 유사한 걸 못 봤으니 보물 같은 글씨다.

우산을 써야할 만큼 빗방울이 떨어졌다. 대웅전 뒤쪽에 있는 홍매에 시선이 꽂히며 대웅전 뒤 처마 밑에서 스케치를 시작했다. 아직은 꽃봉오리만 가득 달려있는 노매다. 방향을 달리해 세 장을 하고나니 그새 저녁 예불 시간이 된다. 스님들이 줄지어 법당으로 들어가는 게 보였다.

이번 선암사 스케치의 두 번째 대상인 삼성각 앞의 와송을 찾았다. 수령이 650여년이라는 노송이다. 보기에 그 정도 나이는 아닌 듯하다. 담장을 낮게 둘러쳐놔 보호하고 있다. 뿌리 쪽엔 샘인지 작은 연못인지가 있다. 등걸의 굴곡이 그리 변화가 많은 형상은 아니다. 용틀임은 약하지만 누워있는 특이한 소나무다. 그런데도 의외로 잘 알려지지 않았다.

스케치하는 동안 법고, 운판, 목어, 범종의 사고 소리가 차례로 울렸다. 고찰에서 듣는 저녁 예불 소리는 비와 어우러져 장중하게 가슴을 파고들었다. 고찰의 법도 있는 사고 소리와 염송의 불음은 어둠이 내리는 저녁의 고즈넉한 분위기에 빗소리와 더불어 삼라만상을 정화시켜주고 평화로운 가운데 깊은 울림을 준다. 스케치를 하는데 비가 내리니, 처마 밑을 이용하느라 방향을 자유롭게 잡지 못해 아쉬웠다. 어두워지는 바람에 스케치할 시간도 부족했다. 그 많은 매화를 제대로 만날 겨를이 없었다. 그래도 오래 벼르다 와봤다는 감회는 각별하게 들었다. 매화를 다루는 폭이 넓혀지는 계기가 됨은 분명하기 때문이다.

선암사는 태고종 종찰이어선가 단청 안한 민가 같은 건물이 많아서 독특한 분위기를 조성하고 있다. 건물도 간격이 촘촘하고 많다. 대웅전을 벗어나면 양반댁 고가에 온 듯한 집들이 대부분이다. 작은 연못들이 있고 꽃나무들이 많은 정원을 보면 그런 느낌이 든다. 그 유명한 해우소 '깐뒤'도 눈에 띄었다. 많지 않은 백매들은 꽃들이 활짝 피어 절정이다. 홍매의 개화가 백매에 비해 많이 늦다. 매화가 산수유, 산동백보다도 늦게 피어나 뒤따른 형국이다. 선암사로 오는 길에 숲속 드문드문 산동백이 만개한 것을 봤었다. 어쩌랴. 발길이 떨어지지 않건만 돌아서야 했다.

― 전주 최명희 문학관과 부채문화 전시관

남도는 어디를 가든 봄기운이 생동하고 있었다. 전주라고 예외가 아니다. 꽃 핀 산수유, 매화가 자주 보였다. 수목들은 생명력을 뿜어낼 극대치에서 깨어나거나 그 폭발 직전의 긴장이 기분 좋게 감돌고 있음을 기감이 무딘 사람도 충분히 느낄 정도였다.

전주에서 꼭 들르고 싶은 곳이 혼불의 작가 최명희 문학관이었다. 여러 해 전 가까운 문인들과 전주를 찾았을 때 순전히 내 주장 때문에 최명희 선생 묘소를 참배하려 헤매다가 실패했던 경험이 있을 정도다.

오전에 최명희 문학관을 방문할 수 있었다. 십여 명이 문학관 안에서 조용히 전시물들을 둘러보고 있는 모습에 진지함과 사려 깊음이 보였다. 육필 두루마리 서신과 다 쌓으면 3미터 높이에 이른다는데, 그

일부인 허리 높이의 혼불 원고가 시선을 끌었다. 작가의 성품이 고스란히 담긴, 단정하며 둥근 듯 약간의 흘림체인 따뜻한 필체가 정겨웠다. 말과 글씨와 글의 내용이 같은 드문 작가다. 그런 품성은 뿌리 깊은 예향인 전주가 길러낸 것이리라.

혼불이 신동아에 연재될 당시부터 나는 지극한 독자의 한 사람이었다. 혼불이 출간되면 바로 구입해 봤었다. 혼불 전집을 가지고 있음은 당연하다. 92년 개인전 때는 혼불에서 추려낸 소나무와 관련된 대목을 화제로 쓴 작품을 여러 점 내놓기도 했다. 어렵게 주소를 알아내 편지와 함께 개인전 도록을 보낼 수 있었다.

잊고 있을 즈음 뜻밖에 최명희 선생의 전화를 받았다. 작가가 편지 쓰기 어려움을 토로하며 답장 못해 미안하다고 했다. 자신의 집필실인 성보암에 모이는 지인들 몇몇이 내 개인전 도록을 꼭 가지고 싶어 하는데 여분이 있으면 보내줄 수 있느냐는 부탁이었다. 만연체의 글처럼 말도 또박또박 느리게 했다. 몇 부를 더 보내드렸다. 조만간 한번 만나자는 말도 있었다.

1997년 10월 어느 날 화실에 나가 동아일보를 펼쳐보다가 최명희 선생이 세종문화상을 받고 인터뷰한 기사가 눈에 띄었다. 한 면을 전부 차지하고 있었다. 아래는 기사 내용 중 일부다.

(「혼불」은 다른 예술가들의 상상력도 자극했다. 인간 문화재 안숙선 씨는 「혼불」 한 토막을 창으로 불러냈다. 『잘생긴 소나무 한 그루를 그리고 싶다』던 동양화가 최영식 씨는 혼불에 묘사된 소나무를 읽고 비로소 소나무를 그려냈다. 11월 서울에서 전시회를 갖는 나전칠기장

전용복씨는 「혼불」을 세 번 통독한 뒤 가로 4 m 세로 2 m짜리 작품 「혼불」을 만들었다.)

　최명희 선생이 내 작업을 얼마나 예의 주시하고 있었나를 그때 실감할 수 있었다. 그리고 1년 뒤 98년 12월에 향년 52세로 작고한 기사를 접했다. 춘천을 방문하거나 내가 성보암으로 찾아가거나 만남이 이루어지기 전에 세상을 달리 할 거라곤 상상도 못했다.

　최명희 문학관 현판 글씨는 민서로 유명한 서예가 여태명이 썼다. 전시실 독락재(獨樂齋) 글씨도 독특하다. 최명희 선생과 이렇게라도 만난 감회는 서리서리 가슴 속을 휘저었다.

　바로 옆에 있는 부채문화전시관도 둘러봤다. 근, 현대 작가들의 합죽선 서화 작품들이 전시되어 있었다. 규모도 작았고 대중에게 접근하는 방식에 뭔가 아쉬움이 남았다. 좀 더 세심했으면 싶다.

　최명희 문학관에서 연락처를 알아내 유연 이동희 사백께 전화를 드렸으나 안 받았다. 마지막이라는 심정으로 세 번째 해서야 통화가 됐다. 얼마 기다리지 않아서 오셨다. 알게 된 지 20여 년 만의 만남이다. 교통이 편리하고 교류가 빈번한 시대에 희귀한 사례일 것이다. 92년 시가 있는 연하장을 만들 때 심상 사화집에서 이동희 시인의 시가 눈길을 끌어 선택을 한 것이 인연의 시작이었다. 시인에 관한 정보는 전무하고 오직 시가 좋아서였다. 시화는 시인의 요청으로 보내드렸다. 그리고 계속 만남이 어긋나며 세월이 흘렀다. 만남이 없어도 '천 번의 만남'이란 시로 이미 서로의 관계를 노래한 시인이다.

대면만 처음이어서인지 만남은 담담했다. 서로 물을 것도 없이 금방 알아봤다. 시인은 자택으로 초대하고 싶어했으나 시간 여유가 별로 없었다. 문학관 뒷문에 마주한 한정식집으로 안내해 점심을 대접 받았다. 한식의 진수만 모아놓은 듯 산해진미는 번잡하지 않고 조촐함에도 풍성했고 맛에는 전통의 깊이와 무게가 있었다. 조선왕실 수라의 근원이 된 전라도 음식의 품격을 알겠다. 골고루 맛봤고 과식하지 않았음에도 든든함은 오래갔다. 훌륭한 음식 솜씨는 물론이고 고옥이 주는 분위기며 적시에 그림자처럼 조용히 시중드는 자세가 더해져 만족스러웠다. 이동희 시인의 다감한 성품이 이 모든 것을 아우르며 종합시켰다. 대화도 잔잔하게 이어졌다. 식사 후 가까이 있는 전통찻집에서 녹차를 마시며 만남을 마무리했다.

이동희 시인도 한 그루 은은한 향의 맑은 매화였다. 심매행은 나무만 찾아다니는 것이 아니다. 선암사에서 홍매를 만났듯 전주 한옥마을에서 백매를 닮은 시인을 만났다. 고 최명희 선생도 진한 매화향이다. 매화를 왜 군자라 일렀겠는가. 혹독한 추위를 겪을수록 그 향기는 더욱 맑고 깊어지기 때문이다. 아쉬움은 다시 만날 촉매가 된다. 또 만날 것을 기약하며 작별을 했다. 오후 5시경 춘천에 도착, 택시 타고 산막골 들어왔다. 이틀 사이에 산동백이 활짝 피어 반겼다.

운주사와 담양의 원림, 그리고 보길도

1994년 여름, 유례가 드문 폭염을 뚫고 삼박 사일의 문화유적답사를 떠났다. 첫째 날 오후에 도착한 화순 운주사는 천불천탑의 전설처럼 무수한 불상과 특이한 모양의 탑들만큼이나 신비스럽고 꽉 찬 밀도로 강렬하게 다가왔다. 감동적으로 받아들인 건 크고 작은 불상들에는 우리와 이웃의 얼굴들이 담겨 있다는 발견이었다. 소박하기에 정겨웠다. 운주사는 수수께끼의 덩어리여서 언제 누구에 의해 무엇 때문에 조성했는지 모른다. 이와 비슷한 예가 또 있지노 않아 궁금증을 자아내는 곳이다. 메마른 계곡, 그나마 물이 조금 고여 있는 웅덩이에 물고기들이 내일을 알 수 없는 생명을 잊은 듯 천연스레 노닐고 있어 마음을 때렸다.

길엔 가루분보다 고운 먼지가 한 뼘은 쌓여 걸음을 옮길 때마다 안개를 피웠다. 땀이 밴 손수건을 수 없이 짜냈고 얼굴은 주홍빛 홍시처럼 잘 익어 우스웠다. 마지막 코스는 와불님과의 만남, 이곳을 상징하는 한 쌍의 와불님은 땡볕도 아랑곳 않고 머리를 낮은 쪽으로 하고 누워 계셨다. 용화세계가 오면 일어선다는 설화가 깃들어 있는 부처이다. 어리석은 중생들이 그의 몸 위를 올라 밟고 다녀도 자비로운 표정은 그대로여서 감복케 하였다.

다음날 홀로 새벽 다섯 시에 일어나 운주사로 다시 갔다. 별천지가 따로 없었다. 운주사 경내는 색다른 분위기를 풍기며 다시 보는 부처님들이 반겨 맞아주는 듯 여겨졌다. 그윽함에 젖었고 부처와 탑을 조성한 사람들의 간절한 소망과 숨결도 깊은 여운으로 감돌아 전해져왔다. 새벽부터 아침 햇살이 비추기까지의 두 시간 가량은 법열을 맛볼 만했다. 더위조차도 새벽을 침범치 못해 심신이 맑았고 돌미륵의 형상뿐 아니라 그 속에 감추어진 민중들의 마음도 읽을 수 있었다. 아직도 골짝 어디선가 미륵과 탑을 일궈내는 석수들의 망치 소리가 들리는 듯한 환상도 가능했다

담양의 원림(園林), 식영정과 소쇄원을 두 번째 찾는 것이고 환벽당과 취가정은 모두 가까이에 자리 잡고 있다. 이곳에서 상당한 거리에 위치한 명옥헌은 활짝 피어있는 연분홍빛의 배롱나무(목백일홍) 군락으로 가장 눈부신 정경으로 남아있다.

위에 열거한 다섯 곳의 특징은 문화재임에도 그곳 주민들에게 생활의 휴식공간으로 이용되는 살아 숨쉬는 문화유산이란 것이다. '들어가지 마시오', '만지지 못함' 같은 팻말이 없다. 스스럼이 없고 친숙하다. 남도의 정자문화는 유별난 것이 동네마다 정자가 있고 활발하게 쓰임이 도처에서 눈에 띄었다. 그랬기에 담양의 유수한 원림들이 보존되고

아름다움을 잃지 않고 있음에 절로 고개를 끄덕이게 된다. 또한 교육의 현장으로 활용됨을 자주 목격하며 남녘의 문화가 어떻게 제 모습을 간직하며 전해지는가 해답을 얻을 수 있었으며, 문화와 문화재는 생활 속에 존재해야 한다는 것을 새삼스럽게 깨달았다.

소쇄원은 옛 어른들의 정원에 관련한 철학이 나타나 있는 유산중 하나이다. 자연을 손상치 않고 최소한의 인공미를 곁들인 빼어난 솜씨를 엿보게 만든다. 학문과 시묵(詩墨)이 풍발한 기록이 많이 남아있어 선비정신의 유현함을 측정케 한다. 아쉬운 것은 극심한 가뭄으로 계류가 말라붙어 온전한 아취를 체험치 못한 거다. 정자와 물은 불가분의 상관관계임이랴.

명옥헌엔 고태(古態)서린 배롱나무와 잘생긴 소나무들이 연못을 둘러싸고 절묘한 품격을 자랑하는데 황지우 시인의 민가를 개조한 서재가 그림처럼 있었다. 명옥헌에 나와 계신 동네분께 물으니 주인은 서울 가고 부재중이지만 물이 좋으니 들어가 보라고 권한다. 사립문은 물론 본체와 서재의 문도 활짝 열린 채였다. 마당에 펌프를 박았는데 과연 물이 얼음처럼 차가워 등물까지 하며 망중한, 이런 곳에서 글을 쓰는 시인의 사치 아닌 사치스러움이 그렇게 부러웠다.

영암 월출산 도갑사에서도 가뭄의 실상을 다시 실감나게 봐야했다. 보물로 지정되었고 크기도한 석물수조에 플라스틱 컵만 두 개가 달랑 놓여 있을 뿐 물은 흔적도 안보였다. 벽오동과 대숲은 바람 한 자락 못 머금고 메마른 표정이었다.

완도 가는 길은 햇솜을 펼쳐 놓은 듯한 엷은 안개, 산야는 수묵빛으로 가라앉고 쟁반같이 둥근 커다란 달이 떠있는 거여서 수필가 전혜린의 표현처럼 '몽환적'이었다.

보길도를 오고 가는 뱃길은 온통 짙은 안개였다. 종일 걷히지 않았다. 안개 덕분으로 배의 출항이 지연되는가 하면 뱃길을 잘못 들어 진로를 수정하는 해프닝도 벌어졌다. 선상에서 에어컨 냉기 같은 해풍에 몸을 맡긴 것은 차라리 환상 같았다.

윤선도의 시가문학이 꽃 핀 유적지는 역시 두 번째 찾은 것, 사 년 전 가까운 문인 몇 분 틈에 끼어 왔었는데 2월이었고 동백꽃이 만발하여 그 후 화폭에 담기까지 했다. 그동안 정자 한 채가 복원돼 있는데 낯설었다.

갈증 속에 버스를 타기위해 허겁지겁 집어먹은 냉동 수박은 가히 천하일미, 일행 중 순발력을 지닌 사람의 공이었고 보약 같았다. 예송리 몽돌해수욕장에서 가졌던 짧은 휴식, 모래 한줌 없는 특이한 해변에 무진장한 보석처럼 빛나는 몽돌은 가져오고 싶은 충동을 일으켜 단속이 심하다했으나 하도 탐이나 공기돌보다 작은 것으로 몇 개 숨겨왔다.

전북 봉동읍에서 하룻밤을 묵었다. 시간의 여유가 부족해 대둔산에선 커피 마시는 동안 산세를 살펴보는 것으로 만족, 춘천에 밤늦게 도착해 가졌던 해단식은 피곤했어도 뿌듯함으로 채워졌다.

심동백행尋冬柏行

― 봉은사와 미황사

새해 새로운 일을 위해서는 심기일전할 필요가 있었다. 간절하게 떠오른 게 남녘의 동백꽃이다. 한겨울 설한풍을 지켜내는 그 강인함과 아름다움을 사육신의 한 분인 성삼문은 설중동백(雪中冬柏)이란 시를 지어 고결매형행(高潔梅兄行)이라 상찬하며 기렸을 정도다. 겨울 꽃나무는 이름에 겨울 동(冬)자가 들어있듯 오로지 동백뿐이다.

전날 잠을 안자고 뱃터로 내려가 아침 배를 탔다. 춘천역에서 전철에 올랐다. 지인의 안내로 봉은사를 방문해 수십 년을 벌리온 추시의 마지막 글씨인 판전(板殿) 현판을 비로소 볼 수 있었다. 도판으로는 수없이 대면했다. 추사가 이룬 생애의 정점이 판전에 모두 담겨있다. 현장에서 만난 감회는 깊어서 오히려 담담했다. 글씨가 주는 고졸미(古拙美)에 150여 년의 풍상이 얹힌 고풍(古風)은 건물, 환경과 그럴 수 없이 조화를 이루며 천진원융(天眞圓融), 대교약졸(大巧若拙)의 세계를 빚어내고 있었다. 절 경내에서 가장 고즈넉한 공간감도 일조를 해준다.

봉은사에 가면 판전(板殿)이라는

딱 두 자 현판 글씨를 보고 오너라.

서툴고 졸렬하다.

지독히 못생긴 저 글씨에

내 심장 그만 멎는다.

붓 천 자루가 닳아 몽당붓이 되고

벼루 열 개가 닳아 구멍이 뚫렸다.

이만한 수고도 없이

추사 솜씨 얻었겠나!

　　　　　　　　— 장석주, 「추사」

　문화재 행정의 큰 문제점 중 하나는 전국 도처에 무수한 명필의 현판 글씨가 걸려있지만 문화재로 지정된 현판은 봉은사 판전이 유일하다는 것이다. 그것도 국가 지정 문화재가 아니라 시가 지정한 유형문화재다. 문화재 관리의 허점이자 맹점이다. 좀 더 세심한 분류와 헤아림이 요구된다 할 것이다.

　기온은 봄날인 듯 온화하고 햇살은 밝았다. 남쪽 땅끝을 향해 달렸다. 정읍 부근을 지나며 황홀한 낙조를 볼 수 있었다. 해남에서 여장을 풀었다. 일찍 잔 덕분에 일찍 일어나졌다. 밤낮이 바뀐 일상이 정상을 되찾는 계기가 됐다. 목표로 했던 달마산 미황사를 찾아갔다. 삼십여 년 만의 재방문이다. 당시엔 동백나무가 이렇게 많은 줄 몰랐었다. 5월이어서 존재감이 없었다. 대웅전과 요사채가 있는 단출한 규모기도 했다. 중창불사로 가람이 커져 있다.

미황사를 택한 것은 한번 다녀간 후 늘 그리워하기도 했거니와 동백
꽃 핀 곳을 검색하다가 미황사 스님이 12월에 동백꽃이 피었다는 소식
을 알리는 화신을 접했기 때문이다. 절로 올라가며 꽃을 찾아 봐도 주
변에 즐비한 동백나무 숲에선 뜻밖에 안보였다. 헛걸음을 한 것인가?

기대가 무너져 내릴 즈음 짓고 있는 사천왕문 앞에서 만난 딱 한 송
이 피어있는 동백꽃은 미소를 품고 있었다. 꽃을 본 순간은 천지간이
오로지 그 꽃 한 송이로 가득 찼다. 진공묘유(眞空妙有)의 세계라 할
것인가. 들뜨지 않는, 깊은 곳에서 차오르는 반가움, 기쁨, 환희가 일었
다. 화창한 아침 햇살이 부드럽게 감돌았다. 오직 한 나무에만 여러 꽃
봉오리며 몇 반개된 거며 한 송이 핀 꽃이 있었다. 이 한 송이만 보고
도 이미 천리 길 마다 않고 온 소기의 목적은 달성했다는 충족감이 들
었다. 그만큼 희열이 컸다. 꽃 한 송이에 이렇게 기꺼웠던 적이 또 있던
가?

비구니 스님 한 분이 내려오고 있었다. 시침 뚝 떼고 동백꽃 소식을
물었다. 아침에 절 위쪽까지 돌아봤지만 못 보셨다며 아직 안 핀 듯하
단다. 방금 본 꽃 한 송이를 가리키니 얼굴빛이 환해졌다. 올라가면 절
에 차실이 있다며 거기 스님께 차도 대접받고 절에 관한 자세한 이야
기도 들어보라며 친절하게 일러주고 가셨다. 스케치 한 장을 했다. '달
마산 미황사 사천왕문 앞에 한 송이 핀 동백꽃의 염화미소를 보다'라
고 날짜와 함께 귀퉁이에 써 넣었다.

1601년에 중건한 대웅보전은 단청의 흔적조차 남아있지 않아 백의
관음을 보듯 하얗다. 해탈한 부처님의 모습이라 할 것인가. 흰색을 칠
한 듯 성결(聖潔)하게 보인다. 바닷바람에 의한 풍화로 만들어진 세상

에 또 없는 흰빛이라 건물이 주는 무게감이 안 느껴져 투명해 보일 정도로 절묘하다. 검은 기와지붕이 누르고 있지 않다면 붕 떠서 가벼이 날아가 버릴 것만 같다. 하얀 기둥의 결은 섬세하고 미묘하다. 주춧돌엔 거북과 게가 새겨져 있다. 배경인 달마산의 달마를 닮은 무수한 흰 바위와 조화를 이룬다. 조물주가 땅끝에 빚어놓은 소금강이다. 절과 산 사이에 농묵의 짙은 색은 동백숲이 만든 것이다.

창건설화에 이곳을 절터로 잡을 때 산 정상에 1만 부처님이 보였다고 한다. 삼십여 년 전 찾았을 때 형상이 흐릿하던 바위가 이번엔 또렷하게 부처님이나 나한성중, 달마의 모습으로 보여 신기했다. 만불의 산이라는 실감이 절절하게 와 닿았다.

절 맨 위쪽에 소릇한 정감어린 길이 있어 따라 걷다가 삼성각 뒤에서 활짝 핀 동백꽃이 많은 나무를 한 그루 만났다. 나무 아래엔 낙화한 통꽃도 제법 보여서 위 아래로 동백꽃이 풍성하다. 꽃봉오리 달린 나무도 보기 어려운데 횡재한 기분이 이럴까. 그보다 더 흡족했다. 여기서도 동백꽃 스케치를 하고 '삼성각 뒤 쪽에서 동백의 환희를 만나다' 라고 써넣었다. 세한의 동백꽃은 달마성중의 옹위를 받고 있는 환희보살로 보였다.

내려오는 길, 물어 볼 스님도 안 보이니 덩달아 차실도 찾을 수 없었다. 대웅보전 마당에서 달마산을 스케치하고는 만세루 아래로 난 계단을 내려오는데 아가씨 보살님이 올라오며 우릴 보고 합장을 했다. 차실은 있으나 스님은 안 계시니 직접 차를 우려마실 수 있다며 이용을 하란다.

차 마시는 게 목적이 아니라 절에 관한 내력을 듣고 싶은 거라니까 잠깐만 기다리라며 뛰어가고 뛰어와 봉투를 내밀었다. 거기엔 백미 한 봉지와 미황사 소장 문화재인 대형 탱화에서 취한 그림들로 꾸민 절에서 만든 탁상용 달력, 작은 벽걸이용 달력과 미황사를 소개하는 2종의 간단한 인쇄물, 엽서 2장이 들어있다. 인쇄물에 '참사람의 향기'란 단어가 시선을 끌었다. 절 일을 하고 있다는 송해[頌霞]보살 아가씨였다. 끝 자는 노을 하 인지 웃음 하 인지 그랬다. 보살 아가씨 친절에 차 안 마셔도 맑고 은은한 차 향기를 맡은 듯싶었다.

― 백련사와 영랑 생가

두 번째 방문지로 강진 만덕산 백련사를 찾았다. 백련사 가까이 있는 다산초당은 여러 차례 다녀갔었다. 산능선으로 다산초당과 백련사를 오갈 수 있는 길이 이어졌음을 알 뿐 아니라 걸어보고 싶은 곳이건만 늘 시간이 부족해 포기했다. 왠지 백련사에 들르면 꼭 동백꽃을 볼 수 있다는 확신이 무작정 있었다. 예감 같은 것이라고 해두자.

국도에서 백련사 오르는 길로 들어선 초입에 예감을 입증하듯 활짝 핀 동백꽃 무리가 반겨 맞았다. 미소가 아니라 어린 소녀가 천진난만한 표정으로 짓는 해맑은 함박웃음이다. 눈높이 손길 닿는 곳에 담뿍 피어 있어서일까. 미황사에서는 올려다 볼 수 있을 뿐 접근 불가였다. 가로수처럼 심어놓은 나무들이라 아직 큰 나무는 아니기에 꽃이 지상 가까운 곳부터 3~4미터 높이 까지 골고루 폈다. 길 양편으로 몇 그루가 그랬다. 절까지 오르며 중간에 꽃 달린 몇 나무를 더 봤다. 이름처럼 만덕을 갖춘 산이 베풀어주는 은혜처럼 여겨졌다. 백련사 불보살들의 가피이기도 하겠다. "나무관세음!"

백련사 주변은 아름드리 상록수림으로 울창했다. 그 숲들만 보면 푸르러 계절을 분간하기 어렵다. 이번 백련사 방문 목적은 두 가지다. 동백꽃과 만남, 원교 이광사가 남긴 현판 글씨를 보는 일이다. 그 외에는 눈 딱 감고 다음을 기약할 터이다. 미처 몰랐던 것은 만덕산 백련사(萬德山 白蓮社) 현판 글씨가 신라 명필 김생의 글씨를 집자(集字)한 것이란다. 사(寺)가 아니라 사(社), 1211년 고려 때 현묘국사 요세 스님이 백련결사(白蓮結社)라는, 삶속에서 민중들과 함께 참회와 염불수행을 통해 현세를 정토로 만들려는 최초의 민간 결사 운동으로, 절 현판에 남아 있는 연유다.

해서체로 필획이 굳건하고 무뚝뚝한 속에 소박하며 정겹다. 고박(古朴)한 글씨가 주는 울림이 있다. 이건 미리 절 홈페이지에서 본 것이고 실제 절에선 어디 걸렸는지 못 봤다. 돌아와 안 것인데 대웅전 실내에 걸려있단다. 사진으로 보건데 아주 오래된 판각은 아닌 듯하고 각한 글씨가 날카롭게 나와서 실망스럽다. 설마 다산이 본 현판 글씨는 아니리라. 그럼에도 다산은 원교를 상찬하고 김생의 이 글씨를 거칠고 질박해 헛이름만 얻었다며 혹평한다.

절 경내에선 보물 1396호인 백련사 기적비 쪽 한 켠, 천불전 진입로에 한 그루 서 있는 나무에서 겨우 꽃을 볼 수 있었다. 그 나무에서 천연기념물 동백숲이 지척이었다. 숲에 들어서니 나무 사이로 부도 몇 기가 흩어져 있는 게 보였다. 여기서는 꽃봉오리조차 못보고 굵은 나무 등걸의 기(奇)하고 괴(怪)한 형상들이 눈길을 끌었다. 한 등걸에 혹이 울퉁불퉁 수십 개가 튀어나온 모양이며 괴이한 형상들이 기기묘묘하다. 이런 나무들이 흔하게 있다. 나무 등걸들에서 달마와 나한의 모습이 연상됨은 왜일까? 불교에서 달마와 나한은 형상을 좀 기괴하게 다루는 경향이 있기에 자연스러운 연결이기도 하겠다. 서너 그루를 한 폭에 스케치해 담았다.

백련사에는 영, 정조 시대 동국진체의 완성자로 부르는 원교 이광사(圓嶠 李匡師, 705~1777)의 글씨가 세 점 있다. 대웅보전(大雄寶殿), 만경루(萬景樓), 명부전(冥府殿)이다. 추사는 원교 사후 십년 뒤에 태어났다. 대체로 조선중기 이후 3대 서예가로 한석봉과 이원교, 김추사를 꼽는다. 석봉과 추사는 많이 알려졌지만 원교는 서예계를 벗어나면 아는 사람이 거의 없을 것이다. 당대엔 추사보다 원교가 더 유명한 서예가였다. 그의 명성을 증명하듯 대흥사, 천은사, 내소사, 선운사 등 남도 명찰 곳곳에 원교의 글씨가 대부분 걸려있다. 눈여겨 볼거리 중 하나가 된다.

원교는 생의 후반기 51세부터 함경도 부림에서 7년, 진도와 완도 신지도에서 15년, 도합 22년의 귀양살이 중 죽음으로써 생이 끝났다. 그의 글씨에 한과 풍류가 서려있다는 평가는 그래서 나온 것이다. 양명학자이기도 하다. 글씨가 곧 그 사람이던 시대다. 재주로만 평가되는 게 아니다.

'우리나라 글씨는 뛰어난 작품이 적은데 / 근래엔 이광사가 있어 그 사람만 홀로 세상에 유명하다.// 북쪽 변방 끝에서 남쪽 섬으로 귀양살이를 옮겨서 / 미개한 천민들에게는 예악과 제로 가르쳐 배우게 했다.// 거룩하다 일개 포의(布衣)로 귀양을 살았지만 / 우레 같은 명성이 백세를 울리네.// 그가 쓴 백련사 편액을 볼라치면 / 꿈틀대는 용의 기세 붙잡아 헌걸차구나// [원교를 읊은 다산 시 일부]

만경루 아래를 지나 계단을 오르면 바로 원교의 대웅보전 글씨가 반겨 맞이하듯 올려다 보인다. 특이하게도 액자를 두르지 않은 널판지 두 쪽으로 나뉘어 걸려있다. 해행(楷行), 해서에 행서체가 곁들여진 글씨다. 장법으로 보면 대(大) 한 자만 위로 솟구치듯 간격이 웅(雄)과 좀 떨어져 있다. 그 모양도 어깨를 뒤로 제끼고 삐딱해서 건방지게 걷는 듯하다. 필획은 거침없고 유려활달하여 원교만이 가능한 기세가 돋보인다.

그 자리서 돌아서면 눈앞에 만경루(萬景樓) 큰 글씨가 당당하다. 해서지만 마제잠두(馬蹄蠶頭)가 안으로 숨어들어 모 없이 둥글둥글한 필획이 만덕을 품은 듯 넉넉한 풍체다. 그 후덕한 형체에 꿈틀대는 선이 정중동(靜中動)을 품고 있다. 명부전은 비교적 질박방정한 해서체다. 천년 명찰이 동국진체의 명필, 원교의 글씨가 있어 더 돋보이고 빛난다.

강진에서 영랑생가를 둘러봤다. 화필을 잡기 전 영랑의 시 몇 편을 암송할 정도로 좋아한 시인이다. 터가 참 아늑하고 정갈한 게 좋다. 생가의 돌담과 축대도 아름답지만 들어가는 길목에 있는 집마다 돌담이 인상적이다. 생가의 초가집들은 집 구조가 독특하다. 마루가 유난히 많아서다.

생가 곳곳에 세운 시비는 시의 소재와 잘 어울렸다. 모란이 많았다. 뒤꼍의 아름드리 동백나무 몇 그루와 대숲의 어울림은 그 공간의 그윽함과 더불어 마음에 꼭 든다. 고풍의 은행나무와 돌담을 스케치하고 모란도 앙상한 대궁뿐이나 한 그루 스케치해 담았다.

이쪽을 수차례 다녀가며 영랑생가엔 들르게 되질 않았었다. 그 아쉬움을 이번에 제대로 풀었다. 다 때가 있는 듯하다. 좋은 날씨에 여유롭게 둘러본 남도 여행이었다. 덕분에 침체되고 억눌려 있던 기분이 풀린 듯 잠자던 의욕이 살아남을 느낄 수 있었다. 더러는 여행이 필요함을 절실하게 경험한 기회였다.

인제 소나무 답사를 하다

4월 6일, 날은 잔뜩 흐렸고 오후엔 비가 올 거란 기상 예보다. 그럼에도 예정대로 생명의 숲 회원들과 인제로 큰 소나무 답사에 나섰다. 나까지 14명이 미니버스에 동승해 만천리에서 출발한 것이 오전 9시였다. 배후령 터널을 지나 양구를 거쳐 광치령을 넘는 길을 택했다. 내 제안에 예정 없던 광치령 연리목 노송을 답사 첫 순서로 잡았다. 생명의 숲 김 회장조차 내 그림을 통해서만 알고 있으며 모두 노송과 첫 만남이다.

지난 2년 못 봤었는데 부쩍 나무의 상태가 안 좋아졌다. 왼쪽 나무는 말라 죽은 모습이었다. 이런 귀한 나무를 무관심 방치하고 있는 양구군이 안타깝다. 양구의 상징으로 삼아도 충분한 나무가 한 그루는 죽고 쇠약해져도 그만이다. 노송으로서 평범치 않은 모습까지 갖추고 희귀성이 었어도 거기에 합당한 대접을 전혀 못 받고 있으니 무슨 곡절일까.

인제군으로 들어서자 겨울의 잔재가 골짜기에 여기저기 남아있는 얼음으로 아직 생생했다. 산동백은 갓 피어난 모습이라 청초하다. 겨울과 봄이 공존하고 있다. 한계리 폐사지에 있는 '황장금표'부터 답사, 다들 가볍게 오르는데 내겐 조금 벅찼다. 두 번째로 3백 년 된 돌배나무를 봤고 이후는 모두 노송들이다. 다 접근성이 편했다. 예정된 나무 중 반송 한 곳만 건너뛰었다. 바람이 없어 온화했다.

구룡동천의 노송 세 그루와 조우는 답사처로 들어있는 걸 몰랐던 만큼 감동! 여초 선생님을 뵈러 서너 차례 왔었고 구면인 나무들이라 반가웠다. 보호수로 지정되어 영양주사를 맞는 등 각별한 관리를 받고 있어 건강했다. 대작에 담아야겠다는 의욕이 솟아났다. 여초 선생님 사시던 건물은 없어져 안보였다. 무슨 일이 있었던 것인가. 동천의 분위기는 어수선하다. 무질서하게 건물들이 들어서고 있었다. 점심은 산채골에서 질경이밥이었다.

인제읍 덕산리 마을에 있는 노송은 몸통에 썩은 부분을 손질하고 철주를 받쳐 세워서 관리하고 있다. 가지가 위쪽만 남아있어 간결하고 앙상한 편이다. 온전한 쪽 몸통은 풍상을 겪은 흔적이 역력했다. 마지막 고사리 노송은 성황목으로 동민들의 손길이 몸과 주변에 널려있다. 압권이다. 노송 아래는 큰바위들이 자리 잡아 조화를 이룬다. 아래쪽은 널찍한 계류가 흘러 장쾌하다. 풍상을 몸에 새긴 것으론 덕산리 노송과 비교가 안 된다. 대하드라마 같다. 가지가 부채꼴로 펼쳐져 건강하다.

구룡동천 노송 세 그루가 수령 4백 년으로 추정되고 다른 소나무들은 2백 년이 하나, 그리고 3백 년들이다. 전문가의 측정이 아닐 것이다.

하더라도 그 나무가 지닌 연륜과 전해오는 구전으로 어림잡은 나이겠
다. 자연의 풍상과 인간이 저지른 전쟁 등의 수난을 한 곳에 뿌리내려
견뎌온 나무들이다. 자리한 입지가 양호한 것도 아니다. 오히려 척박하
고 험난한 환경인 편이다. 발산 들판으로 나와서 많이 걷지만 뭔지 모
를 답답함 같은 것이 있었다. 노송들을 답사하며 가슴이 뻥 뚫린 듯 시
원해졌다.

죽녹원, 소쇄원, 가사문학관, 금둔사

본결 시인 부부와 1박 2일 매화를 찾아 가는 탐매행(探梅行)을 했다. 순천의 금둔사 납매가 피었다는 화신(花信)은 진작 접했고, 동해와 강릉에 매화 피어난 기사와 곁들여진 사진도 봤다. 남녘 여러 곳에서 매화 핀 소식 빈도가 잦아지며 마음이 바빠졌다.

1월 29일 오전 8시에 출발 고속도로를 탔다. 아침은 맵게 춥더니 점차 기온이 오르며 봄날 분위기로 바뀌었다. 담양 죽녹원에 도착한 것은 점심 무렵이다. 관방제림 주변은 집들이 꽉 들어차 있는 모습이 낯설었다, 죽녹원은 스쳐가기만 했다가 이번에 들어가 봤다. 정문을 거쳐 봉황루에 올라보고 대숲길을 걷다가 이이남 아트센터에 들렀는데 2층으로 들어가 보고 1층으로 나오니 주변엔 장인각, 채상장, 전수관 등이 있었다. 장인각에서 감태나무로 만든 지팡이를 구입, 내가 생각하는 용도는 이 지팡이로 붓걸이를 만들고 싶어서다. 죽녹원에서는 대숲보다 담양 출신 이이남의 아트 신세계를 만난 게 더 의미가 깊었다.

담양 읍내로 들어가 돼지갈비로 유명한 식당에서 늦은 점심을 맛나고 든든하게 먹었다. 본결 시인한테는 이번 여행의 백미가 면앙정과 가사문학관이다. 면앙정으로 향했다. 면앙정은 오르는 계단이 정자 바로 아래로 옮겨져 있었다. 내가 첫 방문했을 때는 옴팍 들어간 얕은 골짝 같은 곳으로 3단 정도 나뉜 계단이 있었다. 지금보다는 길었으나 경사도는 조금 완만했다. 현재의 오름길은 거리는 약간 짧아졌지만 더 가파른 편이다. 면앙정은 변함없는 모습이다. 겨울이라 나목 사이로 시야가 열려서 조망의 맛을 제대로 볼 수 있어 흔쾌했다. 마침 산책 나온 주민이 지형지세를 설명해줘 면앙정을 이해하는데 도움을 줬다.

송강정으로 향하며 황홀할 지경의 석양을 만났다. 고운 노을과 직시해도 눈부시지 않는 큰 해, 평생에 걸쳐 쉽게 보기 어려운 광경을 달리는 차 안에서 아깝고 귀하게 향유했다. 해가 진 직후지만 어둡기까지는 아직 한참의 시간이 있기에 송강정을 보는 데는 전혀 지장이 없었다. 또한 송림이나 정자까지 20여 년을 훌쩍 넘겼을 그때와 다름없는 모습이다. 남면사무소가 있는 동네에서 일박을 했다. 숙소에서는 네 사람이 모여앉아 동서고금의 다양한 소재를 가지고 깊고 넓게 대화를 나누기도 했다. 시인 부부와 국어 선생님, 화가의 담론은 자유롭고 정겨운 시간으로 채워졌다. 소박한 안주와 적당한 술은 윤활유였다.

30일, 첫 일정으로 가사문학관을 들렀다. 오늘의 첫 방문객이 됐다. 문화해설사가 면앙정가를 음률 실어 낭송하며 안내가 시작됐다. 현대에 와서 가사문학의 맥이 끊긴 듯 해 안타까운 심정이다. 시조가 명맥을 이어가듯 가사 형식도 부활시켰으면 싶다. 문학관을 나와 식영정을 둘러봤다. 환벽정을 스치고 취가정은 뒤쪽 낮은 곳으로 올랐다.

소쇄원은 또 얼마 만에 들른 것인가. 첫 방문은 30년이 넘었다. 이번이 세 번째인지 네 번째 되는지 헷갈린다. 찾을 때마다 느낌이 다르게 온다. 내 마음 상태와 동행자, 시간의 여유, 방문 때의 계절 따라 변하는 건 당연한 현상이리라. 꽃피고 새순이 돋는 봄만 못 본 듯하다. 하루를 온전히 묵으며 아침, 낮, 저녁, 달밤을 보고 싶어진다. 비오는 날, 설경은 어떨 것인가. 사계절 모두 넉넉한 시간 들여 품어 보고픈 곳이다.

낙안읍성 앞 상가 거리에 있는 식당에서 꼬막백반정식으로 점심을 먹었다. 몇 년 전 겨울밤에 들러 맛있게 먹었던 집이다. 감동을 주던 맛은 그대로였다. 식사 후 읍성은 뒤로 미루고 뿌리깊은박물관을 가봤다. 한창기 사장의 기증품으로 설립된 박물관이다. 한창기 사장은 국악 등 우리 문화를 사랑하고 지키려 실천한 인물이다. 순천 출신인 줄은 몰랐다. 옮겨놓은 기와집 마당에서 매화봉오리가 가지마다 부푼 걸 보고 살피니 피어난 꽃송이가 한두 개 보였다.

읍성에서 보이는 바위산이 금전산, 금둔사가 있는 곳이다. 금둔사까지는 2킬로의 거리, 일주문 앞 주차장에 차를 세우고 내리니 홍매, 백매가 30% 넘게 활짝 피어있어 역시 납매로 유명세를 탈만 하구나 탄성이 나왔다. 일주문 글씨가 특이해 살펴보니 제주에서 활약한 서예대가 소암 현중화 선생 솜씨다. 전통사찰이라 내세우고 있다. 계단식으로 터를 잡았고 가람 배치와 구조가 좀 달랐다. 보물이 두 점이다. 삼국시대 삼층 석탑과 희귀한 형식의 비불(碑佛)이 보물로 지정된 문화재다. 산신각 옆과 태고선원 뒤쪽에 현대에 조성한 마애불이 있다. 비불에서 보이는 위쪽에도 비로자나불인가 있다. 힘들어 가보진 않았다. 금둔사에서 탐매행의 보람을 맛봤다. 홍매는 향기가 있는 듯 없는 듯 한데 비교해 백매의 향기는 분명하면서 매혹적이었다고 한다. 납매와 바위가 어우러진 스케치 한 장 했다. 이번 여행 중 유일한 스케치다. 절 물맛이 좋았다.

금둔사를 출발한 게 오후 4시 반, 바리미에 도착한 시간이 10시경이다. 짧았지만 일행 모두가 즐겁고 만족한 여행이었다.

제4부

강원도 기행

겨울 강릉행

아들이 강릉대 실기시험을 보는데 동행하여 강릉엘 갔다. 종일 흐렸고 새말을 지나 소사 휴게소 부근부터 눈보라가 휘날리기 시작하여 시야를 가렸다. 주변 산은 모두 백설이 만건곤이어서 장관을 연출하고 있었다. 이충희 시인의 시가 자연스럽게 떠올랐다.

강원도 초입 문막을 지나니 눈이 내리고/ 준비도 없던 눈물이 흘러내렸다/ 무엇 때문인가/ 내가 내 눈물의 의미를 몰라/ 당혹스러울 때/ 또 다른 슬픔이 거침없이 비집고 들었다./ 눈발에 묻혀가는 고만고만한 산촌의 겨울집들/ 저들의 고달픈 모습에서 나를 보았기 때문인가/

— 이충희, 「겨울 강릉행」 부분

어쩌면 신기하리만큼 시인이 묘사한 시의 세계처럼 그대로 전개되는 분위기였다. 눈밭에 묻혀가는 산촌의 집들, 아득한 눈멀미, 자욱하던 눈발의 깊어짐, 속기 빠진 겨울나무, 청정한 눈송이들, 소나무의 초록과 순백의 해후… 절묘한 느낌의 일치는 시인의 섬세한 감성에 감탄하며 시를 다시 되새기도록 만들었다.

대관령은 이제 더 이상 아흔아홉 굽이의 고개가 아니었다. 고속도로가 되면서 굽이는 사라졌다. 현기증이 나고 멀미를 하던 고개는 옛길로 남아있다. 너무나 달라진 대관령 길은 어리둥절하게 만들기에 딱 맞았다. 빠르고 편리해진 만큼 정서와 여유를 잃어버렸다. 제대로 된 산사에 가면 입구에 일주문이 있다. 임금님도 여기부터는 가마나 말에서 내려 걸어가야 한다. 걸어가며 옷깃을 다시 여미고 마음을 가다듬는다. 그런 후에 부처님을 뵙고 큰스님을 만나 가르침을 청할 수 있는 것이다. 이런 것처럼 예전엔 대관령의 아흔아홉 굽이를 돌며 강릉을 만날 마음의 준비를 했다면 지금은 곧바로 절 마당까지 차를 타고 들어가는 판국이다.

강릉에 들어가는 인상도 예전과는 판이했다. 아파트가 우후죽순처럼 들어섰고 무엇보다 새로 지은 강릉시청의 18층 청사가 수문장인 듯 떡 버티고 서서 위용을 자랑하고 있어 눈길을 끌었다. 낯섦으로 강릉은 나를 받아들이고 있었다. 여기가 정말 내가 아는 강릉인지 제대로 오긴 한 건지 터미널 주변도 눈에 익은 모습은 읽을 수 없었다. 여기라고 변하지 말란 것은 아니지만 지역 특색이 살아나게 할 수는 없는가 안타까움이 일었다. 교동 사거리부터 내가 아는 강릉의 모습이 나타나기 시작해 임당동 거쳐 중앙동에 내리니 비로소 강릉에 왔다는 실감이 났다. 이 주변은 동서남북 어디든 눈을 감고 다녀도 될 만큼 발에 익은 거리들 아닌가. 거침없이 이 골목 저 골목을 돌며 중앙시장까지 휘저었다. 강릉엔 눈의 흔적도 안 보여 의외였다. 눈을 치우는 솜씨가 탁월함이 여지없이 드러난다. 어느 도시보다 눈이 많이 내리는 곳이건만 어느 때보다 눈이 자주 내렸건만 깨끗이 치워져 있었다.

겨울 바다를 옛날부터 좋아했다. 깊은 물빛이 좋고 사람이 없어 그 쓸쓸함, 고적함이 마음에 와닿기 때문이다. 명징한 공기와 차가운 바람 그리고 파도의 힘찬 기운에 매료되곤 한다. 낮의 바다와는 다른 맛이 밤바다에는 있다. 그윽한 정취가 살아나는 겨울 밤바다의 분위기는 느껴본 사람만이 아는 각별함이 감돈다. 사물은 어둠에 묻혀 극도로 단순화되어 끊임없는 파도의 율동과 해조음, 모래사장과 어둠, 그리고 나의 존재만이 있게 된다. 거기엔 삶의 엄숙함이 있고 가볍지 않음이 놓여 마음을 가다듬게 된다. 절대 고독이 어떤 것인가를 배운다. 모든 것을 포용하는 바다의 너그러움이 있고 넓이와 깊이가 같이하며 하늘 또한 별밭을 펼쳐서 우주를 노래한다. 나의 작음과 자연의 큼을 절절히 체험하게 마련이어서 겸허하지 않을 도리가 없다.

바다는 나를 작게 만들기만 하거나 외로움만 드러나게 하지 않는다. 호연지기도 길러주는 양면성을 가졌다. 숨을 크게 쉬도록 하고 닫힌 마음을 풀게 만들며 옹졸한 생각을 부끄럽게 한다. 산에서 살다 보면 이래서 바다가 못 견디게 그리워질 때가 있게 마련이다. 춘천에 살면서 강릉이 부러운 건 무엇보다 바다였다.

아들과 함께한 겨울 강릉행은 깊은 대화를 나눈 것도 아니요, 아기자기한 재미가 담긴 것도 아니었지만 인생의 중요한 길목에 아비와 동행하였다는 하나만으로 부자간의 유대는 한결 돈독해짐을 느낄 수 있었다. 인생을 살면서 이런 기회가 결코 자주 오는 게 아님을 알기에 여간 소중한 시간이 아니었다.

겨울 오대산

　오대산이 내게 인상 깊게 새겨진 것은 수도 정진하는 도량의 풍모를 간직한 상원사의 정갈함과 그곳에 소장된 신라 성덕대왕 때 주조된 국보 36호인 최고(最古)의 동종(銅鐘)이 가지고 있는 아름다움, 영산전(靈山殿)앞 탑의 잔해에 희미하게 드러나는 불보살상의 형언키 어려운 은은한 미소, 그리고 세조대왕이 고생하던 창병을 고친 고마움으로, 보았던 모습을 재현시켜 봉안한 것으로 알려진 영험한 문수동자상의 아담하고 독특한 조형미, 일주문에서 월정사에 이르는 전나무 숲의 장대하고 청청한 자태에 매료되었기 때문이다. 이 중 가장 마음을 끄는 것은 숲이다. 부드러운 구름 모양의 광대한 산맥을 뒤덮고 있는 원시의 숲에 풍요로운 기운이 감돌아서다.

　이 숲의 바다에 돛대처럼 솟은 것이 전나무 수백 그루다. 천년의 생명력은 지금도 건강함으로 넘친다. 겨울이 오면 눈 쌓인 전나무 숲이 그립고 보고 싶었다. 다른 계절의 숲은 보았으나 겨울의 설경만 못 보앉기에 그랬을 터이다. 지난 3월 중순에 비로소 순결한 여백과 대비된 검푸른 웅자의 숲과 만나질 수 있었다.

오대산 기슭에 외따로 있는 존경하는 분 댁에서 아끼는 후배 두 명과 집주인을 모시고 밤새워 삶의 이랑을 깊이 있게 더듬다가 아침을 맞이했고 식전에 내렸던 눈 위에 밤새워 또 쌓인 숲길을 산책하게 된 것이다. 커다란 감동의 울림을 받을 거란 상상은 직접 마주하니 오히려 담담한 기쁨으로 채워졌다. 짧지 않은 숲길을 걸으며 몸과 마음의 속진(俗塵)을 벗어 버릴 만하였다. 잃어버린 나의 근원이 무엇인가 더듬어 사색하도록 저절로 분위기가 조성되었다. 쫓기듯 허겁지겁 살아가는 삶이 부질없어지고 여유가 생겨나 느긋해지며 천천히 걷고 싶어진다. 왜 서두르며 사는가 자문해 보는 마음이 차분해진다. 마음공부란 이래서 환경이 중요한 거라고 깨닫기도 하면서. 오랜 우리의 역사에 비하면 이만한 숲을 대하기가 쉽지 않다. 몇 그루의 거목은 단군신화에 등장하는 신단수가 이랬으리라 싶은 연상을 하게 만든다. 그만큼 장쾌한 위용을 자랑하고 있다.

눈은 평범한 풍경도 아름답게 변신을 시켜주는 요술쟁이다. 하물며 월정사의 전나무 숲이랴. 아침 햇살이 씻긴 듯이 말갛게 빛나고 있었다. 그 청정함을 어떻게 표현하면 좋을지 몰랐다. 여름의 이 숲은 한낮에도 햇빛 한 점 뚫고 들어오기 어려울 만큼 울창하여 어둡다. 그러나 겨울이 되니 사이사이의 잡목들이 옷을 벗어 놓아 그늘에 묻혔던 키작은 나무들에도 햇살이 들어와 속삭거린다. 서너 뼘 가량의 석죽들은 눈에 묻혀 오히려 청초한 소녀의 자태로 다소곳하고 고만한 단풍나무들이 빛바랜 잎들을 달고 섞여 있어 단조로움을 깨주며 공존의 미학을 가르쳐 주는 듯싶다.

결코 큰 것이 작은 것을 무시하거나 업신여김이 없이 작은 것은 큰 것의 빈자리를 채워 조화롭다. 더러 그루터기만 남은 거목의 잔해를 보며 살아 있음은 시련과 고난을 딛고 나온 결과임을 대조시키는 역할로도 그 의미가 상징적이다. 장자(莊子) 인간세편에 쓸모가 없음으로 오래 살아남은 나무이야기가 나온다. 소위 무용지용(無用之用)을 말한 것이다, 월정사의 전나무들은 쓸모없는 나무가 아니며 오히려 건축과 제지용으로 많이 쓰임에도 살아남아 웅자를 당당히 보여준다.

한암, 효봉, 탄허 스님의 자취와 지훈 시인의 시향이 숨결과 더불어 묻어나는 이곳에서 몇 해를 지낸다면 나도 얼마만한 정신의 크기를 얻을 수 있을지, 평범하기에 무량한 포용력을 지닌 오대산의 한 그루 전나무처럼 살고 싶은 심정이 든다. 전나무 거목 같은 정신의 축적을 꿈꿔 보기도 하면서 아무것도 더 원하지 않고 아무것도 잃지 않으려는 자연처럼 사는 것이 이상이다.

유무용(有無用)은 인간의 시각, 정말 유용함은 대지를 푸르게 하며 물을 걸러주고 토사의 유출을 막으며 시각의 아름다움을 제공하는 한 그루의 나무, 그것도 월정사 전나무만하다면 부러워도 해볼 일이 아닐까.

여름, 물안골에서

　시간을 잊고 지냈던 나흘간, 도심생활에서 찌든 심신을 자연과 호흡하며 그 기운을 충전시키는 모처럼의 기회였다. 그것은 물안골이 준 선물이었고 그곳에 살고 있는 사람들로 하여 이뤄진 것이다. 물안골은 화천군 사내면 용담리에 있다. 여기에 관심을 가지게 된 계기는 '계간 미술(季刊 美術)'이란 잡지 81년 가을호에 〈미술사의 재조명, 곡운구곡도(谷雲九曲圖)〉란 제하의 특집을 통해서이니 꽤 오래된다. 곡운구곡의 소재지가 바로 사내면이어서다.

　지금으로부터 316년 전, 겸재 정선(謙齋 鄭敾)보다 17년 연상인 조세걸(曺世傑)이란 화가가 이곳에 와 아홉 폭의 진경산수를 그려 화첩으로 묶은 것이 현재 국립박물관에 잘 보존돼 있는데 국보급의 가치를 지녔다. 그러나 정작 주인공은 곡운 김수증(谷雲 金壽增) 선생으로 이분이 구곡(九曲)을 정해 이름을 붙이고 시문(詩文)을 지었으며 화가를 산중으로 불러 화폭에 담게 했다.

무더위에 파김치가 되어 화실에 있자니 견디기 어려웠다. 회원들의 양해를 받아 방학이라고 일주일을 정했다. 대책 없이 집에서 뒹굴기를 사흘 째, 사창리에서 화실에 나오는 회원이 전화를 했다. 물안골에 컨테이너 박스로 십여 평의 쉴 곳을 마련했다며 차까지 보냈으니 살판이 난 거다.

비가 많이 내린 덕분에 계곡마다 수량이 풍부했다. 그럼에도 옥류라는 표현이 딱 들어맞는 맑은 물이다. 높이가 25m 가량인 삼일폭포(三逸瀑布)–아직 무명폭포라 지명을 따서 붙였다–도 봄가을엔 실낱같더니 폭포다운 위용을 뽐내고 있었다.

화악산 정상 가까이 있는 화악터널은 군인들이 공사한 거라 거칠면서도 특색이 있었다. 교행이 안 되는 터널 길은 넓었다 좁았다 불규칙하며 천장은 울퉁불퉁한데 판자를 땐 자국이 현대미술을 보는 듯 독특한 질서를 가지고 있다.

터널을 지나면 바로 가평군 경계가 되고 그곳에 휴게소가 있었다. 거기서 내려다보는 전망은 산의 바다, 파도치듯 굽이굽이 청록색 산능선의 물결이 심연처럼 펼쳐졌다. 산정의 바람은 또 얼마나 시원한가. 하늘은 비구름이 두텁고 멀리 비안개가 신비롭게 그 자락을 넓히고 있었다. 화천막걸리와 감자전을 먹으며 망중한에 빠졌었다. 일어나기가 싫었다.

물안골로 돌아오니 비가 내렸다. 금방 그칠 비가 아니다. 우리를 위해 화악터널까지 차를 운전하고 다녀온 물안골 입구에 있는 까페 주인장의 정에 이끌려 용담천과 물안골 계류가 합류하는 곳에 잣나무로 짓고 굴피로 지붕을 덮은 팔각정에서 민물고기조림을 안주로 술자리

를 벌였다. 기타를 치고 노래도 부르며 시간을 보내는데 계곡물 소리
가 협주곡처럼 들렸다.

다음날 이 정자에 별유정(別有亭)이란 이름을 붙이고 휘호까지 해
주인한테 선물했다. 또한 회원의 소박한 별장에 곡운헌(谷雲軒)이라
휘호를 해줬다. 제대로 짓거든 현판을 해 달으라고 써준 건데 마침 지
필묵이 있어 객기를 부려본 거다. 물안골의 뭔지 모를 너그러움에 휩쓸
린 탓이기도 하다.

마을 중심에 오행생식원(五行生食院)인 화악산방(華岳山房)이 있다.
조립식 집이다. 산방주인은 노총각인데 그 눈빛이 맑다. 다만 술을 너
무 좋아하는 것이 술 못 마시는 내겐 좀 부담스럽지만 그의 때묻지 않
은 마음에 매료된다. 서각해 걸어놓은 화악산방(華岳山房) 현액도 내
가 삼 년 전에 써준 것이다.

용담천 안쪽에 자리해 물안골이라 불리며 그 안에도 앞서 말했듯이
얼음같이 찬 계류가 흐른다. 수풀이 우거져 사방이 안 보이는 웅덩이
하나를 찾아내 자연인이 되어 몸을 담갔다 너무 차서 몇 차례 들락거
리며 적응을 해서야 겨우 들어앉을 수 있었다. 앉으면 가슴까지 올라
오는 물속에서 더위를 잊었다. 물가에 가부좌하고 앉기에 맞춤한 바위
가 있었고 그 위에서 한동안 무념의 세계에 몰입했다가 눈을 뜨니 주
변의 나뭇잎이며 풀섶 들꽃들이 선연하고 영롱하게 다가왔다. 차라리
황홀했다. 이런 것이 자연에서 받은 가장 큰 은총이 아니랴.

그곳에 있는 동안 두서너 차례 비가 내렸는데 비가 올 때는 산천이
수묵화로 바뀐다. 농(濃), 중(中), 담(淡)이 절묘하게 어우러진 그림이
된다. 평범한 뒷산이 일곱 겹, 아홉 겹으로 변신하여 감탄사가 절로 터

진다. 새벽엔 안개가 자욱이 끼어 사물을 최대한 단순화 시키며 또 다른 표정으로 묵연(默然)한 자세 속에 끝 모를 깊이를 가진다. 이 또한 뛰어난 수묵화로서 어떻게 화폭에 재현할까를 고민하게 만드니 작업이란 어쩔 수 없는가.

이곳은 와볼수록 묘한 곳이란 생각이 든다. 시간 개념이 뒤바뀌어 어리둥절해진다. 바쁜 것이 없어져 버리게 만드는 마법이 존재하는 듯여겨진다. 그냥 여유롭고 한가해진다. 자연이 그렇고 사는 사람 또한 다르지 않다. 어떤 얽매임에도 풀어진 상태가 된다. 하루만 자고 온다던 것이 시간 가는 줄 몰랐다. 더 머물고 싶어도 방학은 끝내야 했다. 마지막 날은 오후부터 비가 내리기 시작했고 시간이 갈수록 기세를 더해갔다. 그런 중에도 밤 9시부터 비옷을 입고 산메기 낚시를 한다고 세 사람이 나섰다. 한 사람만 프로꾼이고 둘은 나를 포함해 무경험자다. 내리는 비로 인해 물은 급작히 불어나는 속에 낚시는 허탕, 발을 헛디뎌 물속에 나자빠지는 황당한 체험도 겪었다. 두 시간 동안 경험자만이 세 마리를 잡았고 국물을 넉넉히 해 수제비를 많이 넣은 매운탕을 끓였다. 그래도 맛은 훌륭했다.

회원 부부의 보살핌은 각별하였고 넘치는 인정에 흠뻑 젖었다. 지나침도 모자람도 아닌 진국에서 우러난 인정을 맛봤다. 8월 중순의 나흘 동안으로 나의 여름은 끝났다. 그 뒤 늦도록 계속된 폭염도 내게 여름을 강요할 수는 없었다. 짧고도 긴 값진 시간이었다. 아쉽고도 만족스러운 며칠이 지나가며 98년의 여름은 끝난 것이다. 영화 '백야의 연인들' 끝에 나오는 한마디 '최선의 것은 작아도 충분하다.' 처럼 짧아도 충분한 여름이었다.

강원의 산하를 누비며

오전 9시경 춘천을 출발하여 흰 비단 휘장 같은 안개를 젖혀 가며 오봉산 고개를 넘었다. 추곡약수를 지나면서 소양호를 옆에 끼고 달리는 길은 어지간히 굽이굽이 도는 게 구절양장 그 자체다.

중복(中伏)이 지난 7월 24일 일행 아홉 명이 두 대의 승용차에 나누어 타고 길을 떠났다. 이번에 유치원생 여자 아이와 초등학교 3학년생인 사내 아이가 부모와 함께 동행한다. 남매에겐 생애 첫 여행이다.

소양호는 물의 양이 적어 볼품이 없었다. 광치령을 거쳐 원통에 닿았고 내쳐 진부령을 넘으며 절정에 이른 녹음(綠陰)의 상쾌함을 맛본다. 어디에나 짙푸름이 성숙한 계절이지만 진부령의 수려한 산자락이 일렁이는 파도처럼 밀려옴에 청신한 기운을 흠뻑 받는다.

금강산 건봉사! 금강산 자락은 분단된 국토를 아랑곳하지 않고 미시령까지 이르러 그 아래 자리한 화암사까지 금강산을 이름 앞에 붙이게 해 굳어진 인식을 새롭게 깨우친다. 두 번째 답사가 되는 건봉사는 진입로가 비좁은 시골길이다. 그러나 새 길을 닦고 있어서 다음에도 정취 있는 이 길로 가보게 될 것인지 모르겠다.

절은 중창불사로 생경하다. 새 것은 다 이렇게 낯선 것인가? 한때 우리나라 4대 사찰의 하나로 40여동 6백 42칸의 건물과 5개 암자 1백 24칸에 이를 만큼 큰 규모였다. 6.25 전란으로 폐허가 되어 그 피해는 어떤 사찰에도 비할 수 없을 정도로 컸다. 옛 그대로 남아 있는 건축물은 불이문뿐이다. 봉황석주(石柱), 십바라밀석주는 건봉사가 수행과 의식을 중요시한 사찰임을 잘 알려준다. 능파교는 무지개형으로 고태(古態)서린 뛰어난 조형미를 가지고 있다.

주변엔 울창한 소나무들이 훤칠하게 자란 아름드리로서 장송(長松)의 품격이 늠름하다. 4년 전까지 일반인의 출입이 통제 당했었다. 모두들 시장하여 고성으로 나와 늦은 점심을 먹었다. 동해안을 따라 내려오며 고성 산불의 현장을 볼 수 있었다. 특히 산림의 주종인 소나무들의 형태는 참혹하다. 피해가 대단했음을 실감하면서 한편으로 '회생(回生)'하는 자연의 복원력에 감복한다. 화마(火魔)의 흔적인 검은 바탕 속에서 생명이 퍼져가는 희망의 노래가 연두색으로 빛나며 강한 대조를 이룬다. 어찌 감동하지 않을 수 있으랴.

관동팔경의 하나인 청간정에 올랐다. 현판은 초대 대통령 이승만 박사 것과 최규하 전 대통령의 것이 함께 걸려있어 좋은 비교가 된다. 조상님들의 터잡기는 절이든 민가든 정자든 그 절묘함에 감탄이 절로 난다. 문외한도 과연 명당임을 한눈에 알아보게 만든다. 송림과 대나무가 어우러지고 앞에 확 트인 바다가 정감 있게 조망되는 풍광은 일품이다.

봉포 해변에서 아스라이 보이는 청간정의 해경은 잘 짜인 한 폭의 그림이었다. 이곳에서 남매는 바다를 난생 처음으로 접촉하며 환호작약하는 모양이 재미있다. 동심이란 저렇게도 천진스럽다는 것을 새삼 느낀다. 얼마나 좋은지 안 가겠다고 떼를 썼다. 또 바다를 볼 거라고 달래서야 다음 행선지 낙산사로 갈수 있었다.

낙산사는 일행 모두에게 친숙한 곳이라 새로 조성한 보타전과 의상대만 둘러 봤다. 명찰(名刹)들 중에서 가장 자주 오게 됨은 내 고질인 바다를 향한 그리움과 잘 맞아 떨어지는 분위기 탓일 것이다. 보타전 측면 벽화엔 의상과 원효에 얽힌 해골물의 일화가 묘사돼 있어 의미있게 다가왔다. 다만 관음 성지이기 보다는 혼잡한 관광지의 인상이 더 들어 아쉽다. 때문에 적적한 겨울 낙산사를 한결 선호한다.

양양에서 갈천 쪽으로 가다가 쏟아지는 소나기를 조우, 구룡령 정상에 올라서야 그쳤다. 잠시 휴식을 하며 찐 옥수수와 군오징어를 구입 군것질을 했다. 구룡령의 강풍은 미시령의 바람과 막상막하다. 일행 중에 깡마른 친구가 바람에 밀리는 시늉을 하는 것을, 모르는 사람이 보았다면 진짜 날리는 것으로 알만치 실감이 나서 한바탕 웃었다.

흠뻑 내린 비로 막 세수를 한 태백정간의 울울창창한 산맥들이 첩첩이 굽이치며 늘어서 천군만마인양 정기를 뿜어내니 바라보는 자의 호연지기를 솟구치게 만든다. 저 장엄을 언제쯤 화폭에 옮겨 볼까. 보는 사람의 마음과 내통할 수 있는 심혼이 담긴 작품을 해야겠다는 다짐을 새기며, 온 산하가 자랑스럽다.

오대산에 들어서기는 오후 6시 경이다. 길이 험하다는 매표원의 말에 다른 사람들은 되돌아가건만 우리는 모르고 덤벼들었다. 도로 곳곳이 파이고 돌들이 튀어나오는 비포장길을 곡예 운전을 해가며 넘으려니 엉덩이가 요동을 친다. 계곡은 깊고 계류는 풍성해 물안개를 피워 올리며 냉기가 가득하여 별천지가 따로 없다.

북대사를 지나면서 어둠의 장막이 두터워졌다. 스님 한 분이 절 앞에 서 있는 모습이 어둠 속에 보였다. 선(禪)의 세계가 저럴까 아니면 뼈저린 외로움의 자세인지 구분이 안되며 망막에 어렸다. 북대사부터는 길이 더욱 험해지면서 한 마리씩 세 차례나 산토끼를 만나는 즐거움을 누렸다. 두 녀석은 길에서 놀다가 재빨리 수풀로 숨었으나 마지막 녀석은 경주라도 하듯 길따라 한참을 뛰느라 수고가 많았고 덕분에 비디오 촬영을 할 수 있었다. 오대산의 건강한 원시성을 발견한 기쁨이 컸다.

하늘이 흐려 상원사 입구에 도착하니 칠흑 같은 밤이다. 너무 늦어 들어가는 것을 포기해서 아직 이곳을 와보지 못한 일행 몇 명의 아쉬움이 컸다. 세 시간 이상을 비포장도로에서 시달리다가 월정사부터 포장도로를 만나니 그 쾌적함이 감격스러웠다.

밤 12시경에야 숙소에 주저앉아 끊임없이 밀려오는 높은 파도에 흰 포말과 해조음에 몰입할 수 있었다. 강릉은 무더위로 바람조차 후텁지근하였으나 보는 맛이 시원한 걸로 달랬다.

등명낙가사는 오백나한을 청자로 구워 모신 영산전이 특색이고 백반 성분이 있는 약수가 명물이다. 툭 트인 바다의 조망이 또한 특출하다. 강릉의 선비들이 이 절에서 공부를 하여 과거에 많이 급제하였으므로 등명(燈明)이란 이름이 붙었다. 가까운 정동진역을 들러 '모래시계'를 찍은 드라마의 현장을 음미해봤다. 동해시 천곡동에 있는 올해 6월에 개장한 천연동굴에 들어가니 볼거리도 볼거리지만 시원함에 입장료가 아깝지 않았다. 무릉계곡은 올 때마다 시간이 부족해 삼화사까지만 가보는 것이라서 안타깝다. 약사전 중창불사를 하고 있었다. 대웅전 앞엔 옛 탑과 이 시대에 건립한 새 탑이 양 옆으로 서 있는데, 옛 솜씨의 고담한 균제미와 대조가 되면서 서글퍼진다. 우리의 부족한 자화상만 같아서다. 절 앞 계곡물에 아이들은 옷을 입은 채 뛰어 들고 어른들은 탁족으로 땀을 식혔다.

삼척의 해금강인 추암과 촛대바위는 내겐 처음이다. 석양의 추암은 기암괴석의 숲이고 신비롭기까지 해서 금방 용들이 솟구쳐 오를 듯싶었다. 추암을 등지고 작은 규모의 해운정이 그림처럼 자리 잡았는데 이런 곳에서 생애를 보낸 옛 선비가 부러웠다.

시간이 늦어 〈제왕운기〉의 산실인 천은사행은 또 뒤로 미뤄야 했다. 밤길을 재촉해 태백시로 향하는 이 길은 짙은 안개속이거나 밤중에만 다녀 다음번 낮에 간다면 초행길이나 다름없을 터이다. 9시성 시내에 숙소를 잡고 이웃 식당에서 삼겹살로 포식들을 한 후 황지로 나갔다. 못은 깨끗하여 마음이 놓았다. 얼마 전 우유빛으로 변했다는 신문기사를 본 적이 있어 우려를 했었다. 아이들의 노래자랑에 여름밤이 깊어 갔다. 고원 도시답게 물것들이 없고 신선하여 기분이 쾌적하다. 자고로 한여름에도 에어컨이 필요없다는 고장이다.

수박을 한 통 사가지고 여관방에서 나누어 먹었다. 다음날은 일찍 일어나 혼자 황지로 나가 아침 산책을 하고 들어왔다. 낙동강의 발원지는 맑아 고기들이 노닐건만 하류로 갈수록 급속히 오염되는 현실이다. 9시경 일행들을 깨워 아침 식사 후 황지에 다시 들러 사진을 찍고 11시경 출발했다.

싸릿재를 넘으며 산세가 후덕하고 고갯길도 유장해 태백산의 풍모를 짐작게 한다. 도처에 보이는 폐허화된 탄광들은 착잡한 감회에 젖어들게 만든다. 특이한 분위기의 이방지대가 퇴락해버려 그 고통은 이곳 주민들 아니면 체감키 어렵다.

온통 탄광으로 둘러싸인 정암사는 이름처럼 정갈한데 고찰의 풍모가 차라리 이채로울 지경이다. 몇 년 전에 보수하여 새 탑 같은 수마노탑에도 올랐고 열목어가 살고 있다는 계곡물에 손도 담갔다. 뼈가 저리게 찼다. 적멸보궁의 고풍스럽고 소박 아담한 아름다움이 마음에 든다. 손끝이 맑은 조상들의 솜씨다. 마음이 얼마나 맑으면 손끝까지 맑아질 수 있을까.

정선은 4년 만의 행보다. 동면의 몰운대부터 들렀는데 왕소나무의 죽은 모습에 모두들 애석해했다. 이 소나무의 근황은 두어 달 전에 이 고장 시인을 통해 이미 들었기에 충격이 덜했다. 화폭에 여러 번 담으며 심신이 힘들 때면 떠올리던 그리움의 대상이었다. 아린 마음을 어떻게 표현할 수가 없다.

몰운대부터 펼쳐지는 소금강을 빠르게 스쳤다. 화암동굴에는 입구부터 냉기가 뿜어져 나오는데 들어가니 복더위가 무색하게 추울 지경이다. 동굴의 웅대함과 종유석이 빚어낸 부처상, 마리아상 등 형상석이 많다.

여량의 아우라지에서는 비를 만났고 빗줄기가 제법 거셌다. 그래도 우산을 쓰고 강변을 찬찬히 살펴보며 아라리 가락이 들릴 듯한 정경에 젖었다. 처녀상이 빗속이어선지 아라리 유래 때문인지 애절해보였다. 원래 영월까지 일정에 포함되어 있으나 비의 기세가 만만치 않아 가느냐 포기하느냐 의견이 갈렸다. 정선읍에서 늦은 점심을 들며 잠깐이라도 훑어보자는 쪽으로 결정이 났다.

빗줄기가 현저히 약화되어 청령포에 도착해서는 우산이 필요없었다. 시간이 늦어 배로 건너가 보지는 못하고 발길을 돌려 장릉을 찾았으나 여기도 문을 닫아 들어갈 수 없었다. 장릉 앞 카페에서 일정을 마무리하는 휴식을 가졌다. 영월의 소나무들은 다른 지역과 차별화되는 독특한 매력을 지녀 앞으로 꽤나 친해질 거라는 예감이 든다.

오후 8시경 그곳을 출발해 두 시간 반 만에 춘천에 닿기까지 비의 흔적만 쫓아왔다. 원창 고개를 넘어서야 빗속으로 들어섰다. 이 비가 올여름 철원과 화천에 막대한 피해를 준 집중호우의 주인공인 걸 그 뒤의 뉴스로 들으며 무사히 잘 다녀온 것을 감사하게 되었다.

강원도를 미래의 땅, 무한한 잠재력을 지닌 땅이라고 말한다. 사실이 그렇다. 자연의 처녀성을 아직은 풍부하게 간직하고 있다. 보존과 개발의 지혜로운 병행을 잘 해내지 못하면 많은 것을 잃게 된다. 자연을 잃고 경관을 잃고 더불어 살던 사람도 잃는데 더 중요한 것은 아끼는 정신, 살리는 정신, 꼼꼼히 일하는 정신까지 잃는다는 도시 건축 전문가의 지적에 전적으로 공감한다.

강원도는 모든 분야에서 가장 한국적인 원형질을 지녀왔고 계승, 발

전시킬 수 있어 미래의 땅으로서 진정한 가치매김이 가능하리라. 그것
은 우리의 책무이기도 하다.

낙산사 봄 기행

　오후 2시 반에 박물관에 모여서 출발하는 것이지만 '봄을 찾아온 동자'전을 다시 한 번 더 보기 위해 여유를 가지고 갔다. 하루 종일이라도 앉아서 보고 싶은 작품들이다. 단원 김홍도의 외뿔 달린 사슴과 함께 있는 선동취적도(仙童吹笛圖), 동자의 서늘하고 맑은 눈빛에 빠져들고 넉넉한 공간 구성에도 허한 곳이 없는 여백이며 활달한 필치, 깊고 농담이 풍부한 먹빛에 탄성이 절로 나왔다. 송하취생도(松下吹笙圖)의 소나무를 전시장 밖에 붙인 대형 입간판에 아래위로 절반씩 확대해 놨는데 그럼에도 허점이 안보였다. 더 늠름하고 힘찼다. 용수철 같은 자유분방한 선들이 만들어내는 호연지기라 할 것인가.

　원주에서 오고 춘천 작가들도 모여서 박물관에서 대절한 관광버스에 탔다. 학예실장, 학예사, 촬영기사며 도민일보 문화부 기자도 동행한다. 4시 40분경 낙산사에 도착했다. 경내 취숙헌(聚宿軒)에 방을 배정 받고 담장 밖 선열당(禪悅堂)에서 저녁 공양을 했다.

동해 파도가 출렁이는 바닷가에 가장 가까이 자리 잡은 천년 고찰이며 관음성지이기도 한 양양 낙산사! 처음 발길을 디뎠을 때가 칠십 년대 중반이었다. 이십대에 만난 낙산사는 감동이었다. 창건부터 의상대사와 원효대사의 일화가 깃들여 있으며 관음보살의 현신과 파랑새, 쌍죽의 설화가 아름답다. 의상대와 홍련암은 절경과 기도처로서 비할 바가 없을 것이다. 더구나 노목과 노송들의 즐비한 위용은 고찰다운 분위기를 북돋아 줬다. 포근한 지형의 자연과 잘 어우러진 절은 의외로 소박했고 볼수록 정이 들었다.

2005년 4월의 산불로 인한 화재 후 중창불사가 시작되고 전해오는 기록과 단원 김홍도의 낙산사도를 참고해 원형에 가까운 복원이 이뤄졌다. 뒤를 이을 소나무들도 부지런히 심어서 황량함을 지우려 노력하는 게 보였다. 지표 조사를 해보니 그림에 나온 것과 같아서 놀라웠다고 한다. 화가의 본분이 어떤 것인가 되돌아보게 해준다. 소실된 후에 가봤고 복원된 후에도 가봤었다. 소실 후의 참혹했던 모습이며 복원 직후의 생경한 느낌에 당황스러웠다. 이젠 화마의 흔적들은 점차 희미해져가고 생경함도 줄어들어서 안정된 것이 좋았다.

국립춘천박물관에서 강원도 각 지역의 작가들 20여 명을 초대해 낙산사에서 1박 2일 음다회(飮茶會)란 이름의 모임을 가졌다. '음다회__21세기 시인묵객들의 관동팔경 탐승여행'이란 부제가 붙여진 모임이다. 이름과는 달리 한국화가. 서양화가, 서예가, 문인화가들만 초대되고 시인들은 한 분도 안보였다. 5월 14일부터 6월 30일까지 낙산사를 주제로 한 특별전을 기획하고 있는 박물관에서 유물만 가지고 하기 보다는 현대작가들의 작품들도 함께 하는 게 어떻겠나 하는 의도로 작가들을 초대한 것이다. 박물관에서는 관장님과 학예실장, 담당 학예 사며 관계자 10여 명이 동참했다. 낙산사 측에서도 주지스님이 환대를 해주시고 침식을 제공하며 각별하게 신경을 써줬다.

절에서는 극진하게 대해 준다고 하지만 언행에 여러 가지 제약이 있다. 경내 전체가 금연지역이니 흡연자들은 큰 불편이 따른다. 모든 건 자율에 맡기고 되도록 묵언을 요청했다. 문을 여닫는 것도 가능하다면 소리가 안 나게 조심히 해달라는 것부터 핸드폰 사용도 자제해 달라는 주의사항이 문구로 붙여져 있었다. 절의 생활방식을 따르는 템플스테이 방식이 그대로 적용되는 것이다. 모임에 술은 일체 등장하지 않는다. 대신 다과가 나왔다. 녹차와 국화차, 차모임에 곁들이는 먹기 아까운 예쁜 모양의 떡이 차와 함께 놓여 있었다. 돌아가며 옛 한시 번역한 것을 낭송하는 시간도 가졌다. 인월료 3층 무설전에서 음다회를 밤 10시까지 했다. 경내에서 담배에 집착함이 없으니 또한 좋았다.

저녁공양 후 스님의 인도로 가진 달빛산책이란 이름의 걷기 명상을 한 시간 가량 가진 건 느리게 아주 느리게 걷는 것이어서 우안을 위한 배려 같아 고마울 지경이었다. 사천왕문부터 시작해 꿈을 이루는 길을 따라 해수관음상에 이르고 한 바퀴 돌아 다시 보타전을 거쳐 사천왕 문 앞을 지나고 홍예문을 지나 인월료에서 마무리 된 걷기다.

달이 늦게 떠 달구경은 못했으나 자연의 소리에 귀 기울이고 더는 자신의 내면을 들여다 보는 시간이었다. 출발 전 스님이 (視), 견(見), 관(觀)에 관한 해석을 들려줬었다. '시'는 그냥 보는 것이고 '견'은 사물을 살펴보는 것인데 '관'은 내면을 보는 것이라며 '관' 하는 걷기가 되도록 해보자는 당부였다. 묵언이 요구되었다. 앞 사람과 다섯 걸음 떨어져 걸으라 했다. 병약해진 몸이었지만 덕분에 같이 걷기하며 좋은 시간을 가질 수 있었다.

번번이 그래왔듯 이번에도 일출은 흐린 날씨 때문에 못 봤다. 새벽에 일어나 봤을 때 달이 떠있고 '아! 해돋이를 볼 수도 있겠구나.' 희망이 생겼더랬다. 늦은 달빛은 솔숲 사이로 은은한 모습을 보이며 자신의 존재를 알렸다. 수십 년간 여러 번 동해 일출을 보려고 시도를 해봤으나 아직 한 번도 못 봤다.

아침공양 후 자유시간이 주어졌고 경내를 돌아보며 마음이 끌리는 곳을 스케치했다. 몰입하며 하다 보니 그래도 7장이나 했다. 현호색 군락지도 봤고 현호색 주변에 나도바람꽃이 무더기로 사이좋게 지내고 있었다. 산동백은 지는 중이고 산수유가 싱싱했다. 어린 나무지만 홍매며 분홍매, 백매도 피었거나 피어나며 고운 모습이 봄마중 하는데 일조를 했다. 화마를 피해 남아있는 노송이며 노목들이 참으로 귀하게 여겨지고 고마웠다. 사천왕문 앞에는 예전의 고풍한 숲이 그대로 남아 있어서 거기 노송들을 여러 장 다양하게 담아냈다.

낙산사를 오래 찾았지만 경내에서 침식을 해보긴 이번이 처음이었다. 소위 절에서 지키는 청규라고 하는 행동지침은 이 시대가 잃고 있는 미덕인 요소들이 많다. 물 한 방울도 아끼라는 것, 남기지 않는 식사예절. 조용한 환경을 지키려는 조심하는 마음 같은 것들이다. 다시금 되돌아보는 계기가 되었다. 이런 계절에 찾은 것도 예전엔 없었던 듯하다. 툭 터진 동해의 수평선을 보고 파도가 밀려오는 풍경에 피곤한 몸과는 상관없이 마음이 상쾌했다.

낙산사에서 보는 바다는 아무래도 다르다. 관동팔경 중 하나로 그 빼어남이야 오래 전부터 기려오는 것이고 오랫동안 벗해온 정이 깃들여 있기에 다르다. 4년 만에 찾은 적조함도 있었다. 더구나 절에서 숙식을 하며 같이 했으니까 또 달리 보이는 것도 있었다.

돌아오는 길, 마지막 일정으로 양양군 강현면 둔전리 설악산 자락에 있는 진전사지(陳田寺址)를 찾았다. 국보 제122호인 통일신라시대 3층 석탑과 보물 제439호인 진전사를 창건한 도의선사묘탑이 있는 곳이어서 박물관에서 꼭 답사할만한 불교성지의 하나며 중요유적이라는 사전 설명이 있었다. 절터로 가는 길목엔 화폭에 담고 싶은, 아담한 송림에 주변은 조릿대가 있고 뒤쪽엔 최근에 지은 듯 깔끔한 황토집이 있는, 구도가 잘 잡힌 풍경이 눈에 들어오기도 하였다.

진전사지 3층 석탑은 길가 가까운 곳에 자리 잡고 있어 접근하기에 편했다. 고탑(古塔)답게 탑에 새겨진 부조의 마모가 심하나 고색창연한 모습으로 범상치 않은 기운을 지니고 있다. 터 주변도 넓고 잘 손질이 되어 있었다.

도의선사묘탑은 이곳에서 7백 미터 정도 떨어져 있고 지대가 좀 높았다. 중창불사를 하고 있는 진전사 마당까지 승용차로 이농해 걸어서라면 포기할 뻔한 묘탑을 만났다. 부도탑의 원조라 한다. 동행한 학예사 한 분이 이 묘탑 연구로 학위를 받았단다. 부친이 목사신데 불교미술전공자라는 관장님의 소개가 있었다. 전공자의 설명을 들으니 행운이라 하겠다.

기단부는 사각 2단인 탑의 형식이고 탑신은 8각으로 되어있어 탑인지 부도인지 모호하다. 최초의 부도탑이기에 그런 형식이 되었다는 해석이다. 진전사와 도의선사는 한국불교에서 중요한 위치를 지니고 있다는 설명이 따랐다. 예전에 진전사지에 관한 자료를 접하긴 했지만 주목해 보진 않았는데 이제라도 답사를 오게 되어서 다행이다.

갈 때도 미시령터널을 나서자 갑자기 나타나듯 보이는 울산바위 일대는 눈이 뒤덮인 겨울나라였다. 하얗게 빛나며 설악영봉은 이름처럼 어디서 보나 넉넉한 체구로 가슴과 머리엔 백의를 두르고 서 있었다. 터널의 이쪽과 저쪽이 판이하게 달랐다. 산 아래 마을엔 봄이 와 있고, 산 위는 다 겨울 설국이었다. 설경이 특별해 보임은 봄과 공존하고 있어서다. 돌아오는 길, 마지막 설경을 본다는 아쉬움이 가슴에 감돌았다. 과연 단체로 가지는 일정을 몸이 따라줄까 가졌던 우려도 기우였다. 힘들기는 했지만 뜻 깊은 여행이었다.

입암리, 오죽헌, 초당동 솔숲

    강릉의 지인 운산형으로부터 부재 중 전화가 여러 통 찍혀 있고 "잘 계신지? 율곡매가 금주 중 만개할 예정이니 오시기 바랍니다."란 문자를 보내왔다. 작년엔 사정이 생겨서 때를 못 맞췄고 심매행을 포기했었다.

    꽃샘추위가 끝나고 기온이 올라가 한기로 옥죄던 몸도 해방감을 느끼고 있던 터다. 양양 현남면 입암리 막국수집에서 물막국수로 점심을 먹고 학교 앞에 있는 성황당 노송들을 스케치했다. 한 그루는 광솔가지가 완연한 용의 형상이다. 입을 벌리고 두 뿔이 늠름하며 눈동자까지 있다. 노송을 수없이 봐왔어도 이렇게 일 미터 쯤 뻗어 나온 광솔이 용의 형태를 지닌 걸 못 봤다.

    진작부터 스케치한다고 별렀지만 시간이 부족해 다음으로 미뤄만 오다가 이번에 소원 하나를 풀었다. 지금도 당제를 지내는 듯 제단이 마련되어 있고 철망으로 둘러싸 보호해 놨다. 제단 주위에 한 아름 반은 될 노송 여섯 그루가 모여 있고 우측에 좀 떨어져 한 그루, 좌측 창고 있는 곳에 간격을 둔 두 그루가 더 있어 한 무리를 이룬다. 모두 금강송으로 곧고 늘씬한 키다. 그러나 가지는 굴곡과 변화가 많아서 대조를 이루며 더욱 멋진 모습이 된다. 한 그루는 비스듬히 학교 운동장 쪽으로 누워서 받침대를 해놨다. 대작에 담는 데 손색이 없는 훌륭한 소재이다.

오죽헌 율곡매는 꽃이 반쯤 폈는데 지난 폭설에 잔가지들이 부러졌다고 한다. 그렇게 자연이 솎아 주어선가, 한결 품격이 살아나고 당당하여 지금껏 봐 온 중에 가장 아름다웠다. 손을 잘 봐선지 흉물스런 면은 전혀 안보였다. 몇 년 전 전정을 했을 때는 균형이 깨져서 보기 싫을 정도였었다. 스케치도 잘 됐다. 담장 바깥 화단엔 후계목을 만들었고 올해 꽃을 피웠다며 오죽헌 정항교 관장께서 친절하게 알려줬다.

율곡송도 방향을 달리해서 스케치를 했다. 그동안은 주로 담장 쪽에서 뒷면을 그려온 편이었다. 이번엔 문성사 처마 밑에서 보이는 쪽이다. 고정되어 있는 사물이라도 볼 때마다 새로운 감흥을 불러 일으키기에 찾게 된다. 나무나 바위도 정이 들면 보여주는 것이 있다. 운산형도 오죽헌으로 와 만났다. 지난 가을, 초겨울, 연말을 안 넘기고 강릉행을 한다고 별렀건만 번번이 이뤄지지 않았다. 율곡매 개화 소식에 이끌림이 그만큼 크다.

초당동 난설헌 생가 앞쪽에 솔숲이 마음을 끌었고, 여기도 스케치한다고 생각은 진작부터 하고 있었으나 이번에야 실천할 수 있었다. 스케치북 양면에 걸쳐서 23그루의 소나무가 들어섰다. 어린 소나무 두 그루까지 하면 25그루가 된다. 예상컨대 가로 5미터 그 이상의 작품이 될 것이다. 이런 식의 스케치도 처음 해봤다. 적당한 공간에 매화와 대숲도 넣으려고 한다. 더 진전시키면 난설헌 생가도 등장할 것이다. 생가 주변엔 매화가 피어있고 대숲이 있다. 죽은 고목이며 거목의 밤나무 등 조연으로 역할을 할 소재들이 널려있는 편이라 어떻게 구성하느냐에 따라 다양한 표현이 가능할 터이다.

난설헌 생가 뒤쪽엔 빼어난 노송이 죽어서 한 그루 나목으로 서 있기도 하다. 따로 세 그루의 소나무를 세로로 세운 스케치북 두 장에 연이어 스케치, 쭉 뻗은 금강송다운 위용이 살아난다. 소나무의 껍질은 나중에 창작관에서 공들여 메워 넣었다. 주변엔 지난 겨울 설해목들을 베어 눕히고 토막낸 것들이 널려있어서 피해가 컸음을 실감하게 만들었다. 다 아름드리가 넘는 것들이다. 원체 울창한 숲이라 치우면 티도 안날 거라 본다. 여기저기 남아있는 그루터기로 미루어 짐작은 하리라.

하루에 세 곳을 다니며 스케치를 하느라 기력을 많이 쏟았다. 스케치는 다 잘됐다. 서산으로 기우는 해가 송림 사이로 보이며 붉은 홍시보다 더 고와서 탄성이 절로 나왔다. 해가 커보였고 눈이 부시지도 않아서 마냥 바라볼 수 있었다.

시인들과 함께 한 곡운구곡

11월의 첫날, 날씨는 흐렸으나 기온은 따듯하다. 장곡 시인이 나를 태우러 산막골로 오셨다. 지촌검문소 부근에서 기다렸다가 따로 온 조성림 시인, 임동윤 시인, 박기동 시인을 만났다. 바쁜 분들인데 시간을 내주어서 고마웠다. 곡운구곡을 같이 답사하기로 되어있는 일정이다.

마늘고개를 넘어가 방화계에 차를 대고 내리니 남녀 네 사람이 길가에서 방화계를 살펴보고 있었다. 중국유학생과 춘천문화원 허 사무국장이다. 중국인 학생이 방화계 시를 중국어로 낭송하는데 내용은 몰라도 그 음률이 아름답다. 위쪽부터 답사해 오는 거라 제 1곡이 마지막이란다. 우리는 여기서부터 거슬러 오르는 시작이다.

시인들께 방화계와 그 위쪽에 있는 영구연(靈龜淵)을 설명했다. 곡운구곡을 선정한 김수증 선생은 영구연에 관한 언급이 없고, 다산 선생은 당신이 이름 지은 영구연과 지금은 훼손이 심한 그 위쪽 폭포까지를 묶어 제1곡으로 삼았으며 다산과 동행한 이재의란 선비는 영구연을 분리해 제2곡으로 삼았다. 같은 자연을 보고도 이렇게 견해가 다르다. 곡운구곡은 이렇게 조금씩 다른 세 사람의 구곡으로 나뉘기도 한다. 내 개인적인 판단으로는 다산 선생의 선정이 빼어난 풍경의 삽입과 거리 조정 등 좀 더 합리적인 편이란 생각이다. 실학자로서의 면모가 여기서도 보여서다. 다산은 개정(改訂)이라 표현했다.

제1곡 방화계와 제2곡 청옥협 중간 지점 쯤에 송림에 뒤덮인 암벽이 병풍처럼 늘어선 곳이 있다. 산수미가 수려해 곡운구곡의 위치를 몰랐을 때 이곳이라면 꼭 구곡에 들어가 있으려니 여겼던 곳인데 곡운 선생은 건너뛰었고 다산 선생은 제2곡으로 삼으며 설벽와(雪壁渦)라는 이름을 붙였다. 계류가 급격히 휘감아 도는 지형상 절벽과 더불어 수량이 많을 때는 와류가 대단했을 터이다. 이름과 부합된다. 설벽와는 다수의 검증을 받은 장소는 아니다. 다산의 기록을 보거나 산수화가로서 안목을 동원해도 맞다는 심증을 가지고 있다. 1곡과 2곡 사이에 이만한 경관이 또 있지도 않음에랴.

현재의 용왕샘터에서 마주 바라보이는 계류 건너 약간 위쪽에 비범하게 보이는 절벽바위가 있다. 벽력암(霹靂巖)이다. 벽력암 주변을 망단기(望斷磯)라고 하는데 다산은 이곳을 3곡으로 삼았다. 망단기는 길이 끊겨 더 이상 올라가기 어렵다는 뜻이다. 절경이다. 이름은 본래부터 있던 것이다. 그대로 수용했다. 이곳 또한 구곡을 찾아다닐 때 주목했던 경치였다. 다산의 안목으로 그냥 지나칠 리가 없음이다.

벽력암 설경을 120호 크기로 이미 그린 바도 있다. 산수화가로 구곡 중에 몇 곳만을 꼽으라면 방화계, 설벽와, 망단기, 신녀협, 백운담을 선정할 터이다. 하나 더 하라면 벽의만(碧漪灣)이다. 이중 절반이 다산이 개정한 것이다. 그만큼 다산의 산수관이 비범함을 알겠다. 각 곡의 거리 간격으로 봐도 조화와 균형이 잡힌다.

망단기에서 조금 위쪽으로 한 굽이 급격히 도는 곳이 곡운구곡의 제2곡 청옥협이다. 1곡과 2곡의 거리가 가장 멀다. 주변 환경이 옛 모습에서 많이 훼손된 장소 중 하나로 여겨진다. 거멍소라 하는 이 곳에서 뗏목군들이 거센 소용돌이 물살에 빠져 죽기도 한 곳이라 전한다. 조세걸의 곡운구곡도엔 아래쪽 벽력암으로 보이는 바위도 나온다. 용담계곡은 이미 조락의 기미가 완연하다. 가을도 한발 앞서간다. 만추의 분위기가 꽤나 스산해 보인다. 답사하며 다양한 이야기들이 오고간다.

멀지 않은 곳에 제3곡 신녀협이 있다. 청은대라는 격식을 갖춘 정자도 지어났다. 현판은 여초 선생의 글씨다. 조세걸의 구곡도에서 가장 흡사하게 묘사한 곳이 신녀협과 백운담이다. 매월당 김시습의 발자취가 전해지는 곳이기도 하다. 청은대라는 이름은 매월당의 불명(佛名)인 벽산청은에서 비롯된 것이다. 백운담 열운대와 융의연이 매월당과 관련 있다. 지금도 이곳 일대 지명이 송정리라 하듯 예전엔 송림이 울창했던 모양이다. 정자 옆엔 소나무 한 그루와 잣나무 두 그루가 간신히 명맥을 잇고 있다. 곡운 선생 시절엔 얼마나 더 아름다웠을 것인가. 구곡이 다 그랬을 것이라 미루어 짐작한다.

신녀협과 백운담 중간 지점에 다산은 벽의만[碧漪灣]을 끼워넣었다. 물살이 잔잔하여 배를 타고 놀만한 유일한 곳이라 했다. 다산이 개정한 구곡으로 치면 방화계, 설벽와, 망단기, 청옥협, 신녀협에 이어 6곡에 해당된다. 지명도 다산이 지었다. 수심이 깊지 않음에도 물빛이 파랗게 곱다. 여기 또한 나도 눈여겨봤던 곳이다. 명징한 물과 압도하지 않는 암벽이 어우러져 조화로운 중용의 미가 있어서다.

예나 지금이나 모든 사람들이 격찬을 아끼지 않는 곳이 제4곡 백운담이다. 수마(水磨)로 만들어진 바위의 형상이 감탄을 자아내게 만들어서다. 시루떡처럼 층층이 쌓인 바위의 형태 또한 놀라움을 준다. 물이 바위를 다듬어 놓은 걸작이다. 와폭과 소, 바위가 만들어낸 풍광은 일품이다. 양쪽으로 널려진 너럭바위는 수백 명이 앉아 놀 수 있을 만큼 넓고 달밤에 보면 흰구름 덩어리처럼 보이니 백운담(白雲潭)이란 작명이 허투루 나온 게 아님을 알겠다.

열운대엔 초서로 쓴 각자를 봤다는 다산의 기록이 있는데 지금은 아무리 찾아도 없다. 유실된 듯하다. 다녀간 이들이 새긴 이름이 더러 보이고 한시를 새긴 마모된 흔적도 몇 곳 있다. 기울어진 큰 바위엔 화운담(華雲潭)이란 각자가 희미하다. 어디에도 언급되지 않은 이름이다.

5곡 명옥뢰는 열운대 위에서 바라보는 경치가 정작에 아름답다. 가까이 가서보면 그렇게 빼어나다고는 못한다. 그러나 열운대서 보면 절경이다. 상서로운 기운이 모인 듯 빛난다. 예전엔 길가에 키 크고 굵은 아카시 나무가 여러 그루 있어 그나마 서정을 풍겼는데 베어졌다. 백운담도 명옥뢰도 주변에 제대로 나무가 없으니 풍광이 돋보이지 않는다. 안타까운 일이다. 비단 여기뿐이 아니다. 와룡담, 명월계, 융의연, 첩석대가 다 그렇다. 조세걸 그림엔 송림이 곡마다 있어 풍치가 살아 있음을 볼 수 있다. 와룡담과 농수정 주변이 솔밭이다. 명월계도 소나무로 하여 존재감이 있었다. 후손들을 위해 지금이라도 심었으면 하는 바람이다. 이미 발견 당시부터 주장했던 의견이다. 3~40년만 지나도 소나무가 볼만해질 터이다.

백운담부터 명월계까지는 걸어서 답사를 했다. 그만큼 서로 가깝다. 명월계는 제방 공사하느라 그나마 평범함조차 망치고 있는 중이다. 15년 전만 해도 바위들이 그런대로 구색을 갖추고 방아를 찧었다는 자연석 돌확이 개울에 있었으며 노송이 몇 그루 멋져 옛 경치를 추정해 볼 수 있었는데 어쩐 일로 고사하고 말았다. 흔적조차 안남은 곳이 첩석대다. 이를 어찌 그림으로 살려내야 할지 고민이다.

조세걸의 곡운구곡도에는 곡운 선생과 아들, 조카들이 시를 지어 붙였다. 내가 그릴 구곡도에서 이런 전통을 지켜 가까운 시인들께 시를 지어달라고 부탁을 했다. 그런 연유로 시인들을 모시고 현장답사를 하게 됐다. 동참을 허락한 시인들이 몇 분 더 있다. 박민수, 최돈선, 허문영, 김창균, 김학철, 이무상 시인 등이다.

곡운구곡과 다산이 새로이 넣은 3곡을 더해 12폭을 그릴 작정으로 있다. 조세걸은 곡운정사도를 더해 10폭의 화첩을 남겼다. 그림의 규격은 같은 크기로 해보려 한다. 소나무에 주력하며 산수화 손 놓은지 오래된 편이어서 감각을 살리느라 애를 먹고 있다. 원래 국전에 묵매로 입선한 것 말고는 모든 공모전에 산수화로 입상을 한 산수화가가 본령인 사람이다. 그럼에도 필치가 여의롭지 못하다.

신 곡운구곡도를 그려야함은 내게 운명적으로 지어진 숙제이고 큰 짐이다. 이 시대에 해내야 할 한 과제이기도 하겠다. 역량이 부족함을 절감한다. 결국은 최선을 다하는 것이겠다. 곡운구곡도가 아니라도 어디 만만한 게 있는가. 당분간 곡운구곡도에 몰입할 것이다. 모든 건 진인사대천명이다.

원주 뮤지엄 산

　원주 지정면에 위치한 〈뮤지엄 산〉은 5년 전 개관 때부터 주목을 끌었다. 일본건축가 안도 타다오가 설계한 미술관 건물부터 건물을 둘러싼 물이 주는 조형미에 산 위에 있다는 위치까지 특색을 지닌 곳이어서다. 진입로의 꽃밭이나 대형 조각, 자작나무숲까지 모두 의도된 장치이다. 천연 자연에 둘러싸여 인공을 최대한으로 발휘한 조형물의 대비는 인상 깊게 와 닿는다. 돌과 콘크리트만으로 지어진 건물도 특별한 개성미가 돋보인다.

　7월 11일 드디어 뮤지엄 산을 찾아갔다. 미술관 입장료가 2만 8천 원, 이런 입장료가 국내에 또 있는지 모르겠다. 종이박물관과 기획전시실, 제임스 터렐관이 있었다. 여기선 잔잔한 수면에 빗방울이 떨어지며 만드는 동심원도 작품 같았다. 건물 안에서 바깥 풍경이 볼 만한 곳이면 의자가 꼭 있었다. 안과 밖의 교감이다. 잠깐씩 앉아서 골고루 감상을 했다. 스톤랜드라는 무덤 같은 인공 돌무지 사이에 헨리 무어 대형 조각이 참 잘 어울렸다. 제임스 터렐관까지 가는 길에 있는 정원수 소나무들은 장난꾸러기 같은 청솔방울을 달고 있어 눈길을 끌었다. 홍송의 소나무들도 건강하고 귀품을 가지고 있어 감탄사가 절로 나왔다.

제임스 터렐관은 가까이 가도 숨겨 있어서 건물의 어떤 모습도 안 보여줬다. 진입로 따라 밑으로 내려가니 그제야 건물의 일부가 나타난다. 대기실에서 기다리다 직원의 안내를 받아 입장을 했다. 이동할 때는 어둠속이라 벽에 손을 대고 걷는다. 여러 가지 빛으로 만들어 내는 공간마다의 착시현상이 신기하다. 마지막은 계단을 오르며 점차 열린 문을 나가 자연의 하늘을 만나는 건데 잿빛 흐린 하늘이라 효과가 안 났다. 건물 하나가 오로지 터렐의 작품을 위해 설계되고 세워진 것이다. 경이롭다.

터렐관에서 돌아오며 다시 본관에서 건축가들이 만든 의자를 전시한 걸 봤다. 백남준의 승용차를 이용한 작품도 원형 공간에 놓여있다. 세계적 작가에 합당한 대우로 여겨진다. 단 한 작품만을 위한 높은 천장의 큼직한 방이다. 건물 안을 다니면 끊임없이 잘 쌓은 반듯한 돌담 같은 높은 벽들을 만나게 된다. 노출 콘크리트와 병행하는 벽면이 조화가 잘된다. 단순하고 투박하나 세련된 인상을 준다. 독자적인 공간미가 있다. 카페에서 쉬며 커피 한 잔을 마셨다. 건물을 둘러싼 수면이 경계면에 먼 산이 이어져 허공에 뜬 것처럼 보인다. 무엇 하나 소홀히 다룬 것이 없다. 안도만의 건축미학이겠다.

하조대를 보다

5월 29일, 믿어지지 않겠지만 양양 하조대를 처음 가봤다. 40년이 훌쩍 넘는 기간에 얼마나 많이 그 앞을 왕래했겠는가. 이상하게 인연이 닿지 않았다. 최소한 낙산사 들른 횟수 정도는 됐어야 하는데 아쉬워하며 지나치기만 해왔다. 접근하기 어려운 입지도 아니다. 관심은 늘 두고 있었음에도. 도로 쪽에서 볼 때 평범해 보이는 풍광이라서 이끌림이 없었을까.

하조대 앞 기암에 2백여 년으로 추정되는 노송이 있고 일출이 솟아오르며 소나무 가지에 걸려있는 순간의 모습을 찍은 것이 아름답고 빼어나다. 한국화의 소재로도 여러 번 다뤄진 걸 봤다.

지인의 갑작스런 제안으로 가는 길은 느랏재를 넘어 구성포, 서석을 지나 운두령 거쳐서 구룡령을 택했다. 양양고속도로가 뚫린 영향일까 길은 어쩌다 차가 보일 뿐 한적했다. 2000년 3월에 작품 소재로 삼으려고 카메라로 여러 통의 사진을 찍으며 넘은 후 꼭 20년만의 해후다.

운두령은 더 자주 다녔고 구룡령도 드물지 않게 넘던 고개다. 언젠가 시선이 가는 끝까지 선연했던 구룡령 정상에서 북쪽으로 펼쳐진 조망은 수많은 산릉이 겹쳐지고 늘어선 장엄이어서 푹 빠졌었다. 이걸 대작에 담고 싶다는 소망을 품고 있다. 아직 시도조차 못해봤으면서 포기하지는 않았다. 그 감회가 새로웠다.

이런 경로를 거쳐서 하조대와 만났다. 백년송이 있는 바위는 하조대 앞에 있었다. 육각정인 정자 주변은 울창한 송림이다. 정자 앞엔 하조대 각자가 새겨진 바위가 있다. 조선 숙종 때 참판을 지낸 이세근이 쓴 거란다. 정자와 무인등대. 기암괴석이 절경이다. 강한 바람이 불어 스케치를 못한 게 아쉬웠다. 스마트폰 사진은 여러 장 찍었다.

돌아오는 길은 한계령을 넘고 인제 지나 광치령을 택했다. 양구에서 저녁을 먹었다. 한계령도 이용한 지 꽤 오래된 편이다. 주로 미시령을 애용하여서다. 한계령 굽이마다 드러내는 괴암, 기암들에 새삼 탄성이 나온다. 잡목과 어울린 독특한 품격의 소나무들은 한계령의 바위와 더불어 또 하나 특색을 이루는 존재라 하겠다. 구룡령 넘어 미천골의 교실 세 칸짜리 폐교는 변함없이 자리를 지키고 있어 경이로웠다. 보물이 네 점이나 있는 선림원지도 늘 지나치며 아쉬워하는 곳이다. 사람이든 사물이든 자연이든 인연의 연결은 억지로 되지 않는다. 그렇다고 감나무 밑에 누워 감 떨어지기를 바라서도 안된다. 그 미묘함이여!

몽유 금강산기夢遊金剛山記

분단 반세기만에 금강산 여행이 가능해졌다. 과연 평생 한번 가볼 수 있을까, 내 화폭에 담을 수 있을까 희원하던 금강산길이 어렵사리 열린 것이다. 다행히 내게 스폰서가 생겨 99년 10월 30일부터 11월 2일로 날짜가 잡혔다.

공교롭게도 개인전 오픈날과 겹쳐져 곤혹스럽게 됐으나 그대로 결행했다. 출발 전날 밤샘하며 작품을 걸고 눈도 붙이지 못한 채 동해행 버스에 몸을 실었다. 떠나며 몇 가지 걱정이 있었다. 100kg의 체중으로 산행을 잘 해낼 지가 그 하나요, 늦게 자고 늦게 일어나는 잠버릇이 두 번째며, 산에서 담배를 못 피우게 한다는 것이 세 번째였다. 하루 세 곽을 피워대는 골초다운 걱정이었다.

지루하고 재미없는 절차를 밟아서 금강호에 승선, 저녁 먹고 8시 경 일찍 잠자리에 들었다. 5시 반에 세수하고 갑판으로 나가니 어둠이 물러가며 장전항을 병풍처럼 둘러싼 금강연봉들의 모습이 드러났다.

예인선으로 장전항에 닿았다. 군인들이 먼저 눈에 띄었다. 산기슭에 부동자세로 서 있는 모습들이 긴장감을 감돌게 했다, 북한땅을 처음 밟는 느낌은 흥분되어 종잡기가 어려웠다. 담담해지려 노력했다. 수속을 마치고 중형 버스에 올랐다. 온정리까지 가는 길에 간간이 주민들이 눈에 띄었다. 어른들은 무반응인데 아이들은 각양각색으로 손을 흔들어 반기는가 하면 주먹질을 해대기도 한다. 남루한 입성에 비해 표정들은 밝았다.

만물상 코스는 차로 오르는 길부터 가파랐다. 관음폭포 일대는 단풍들이 핏빛보다 고운데 차창으로 스치기는 너무도 아까운 경관들이어서 탄식이 나왔다. 10시경 700고지에 도착, 만상정 바로 아래였다. 잠깐 쉬는 사이에 스케치를 두 장 했다. 300m를 오르니 그 유명한 삼선암(三仙岩)이 나타났다, 금강산 중에 가장 친근한 바위가 삼선암으로 소정(小亭) 변관식(卞寬植) 화백이 즐겨 다뤄 눈에 익은 대상이다.

그새 가는 비가 내리기 시작했는데 서둘러 스케치를 하고 사진을 찍었다. 삼선암 옆 계단을 오르면 하늘을 떠받치듯한 귀면암의 위용을 만난다. 절부암을 지나자 길은 더욱 가파라지며 숨이 찼다. 안심대에 오르는 즈음부턴 진눈깨비가 휘날렸다. 망양대 가까운 능선에 진달래가 피어 있었다 추위에 얼어 있지만 애잔하고 고왔다. 며칠 전까지는 봄날처럼 포근했던 모양이다.

70~80도에 이르는 경사각엔 철계단이 놓여 있었다. 산길은 자연석

을 깔아놔 풀 한 포기 다치지 않도록 한 것은 세심한 마음씀이다. 진눈깨비와 안개가 먼 시야는 가려도 만물상의 풍부한 면모를 연출해볼 만했다. 한눈을 팔다보니 내가 속한 조에서 이탈한 줄도 몰랐다. 어차피 내려가서 만나면 된다고 편히 마음먹었다. 내려오는 도중에 세 번이나 미끄러져 넘어졌다. 절부암 부근에서는 계곡으로 굴러 떨어질 뻔했다. 난간 쇠사슬을 붙잡아 위기를 모면했는데 몸의 반은 벼랑 쪽으로 나가있어 식은땀을 흘렸다. 카메라도 충격을 받았다.

오후 1시 반에 버스 있는 곳에 내려오니 우리 조는 모두 차 안에서 점심을 먹고 있었다, 소고기덮밥으로 도시락 상자에 기화장치가 돼 있어 뜨거운 밥을 먹었다. 온정리로 내려오는 중에 진눈깨비는 비로 변했다. 온정각에서 북한 천연기념물 217호인 닭알바위를 스케치했다. 건너편 매바위는 사진만 찍었다. 산삼 우린 물을 5달러 주고 마셨더니 피로가 가시는 듯하다. 평양교예단의 공연을 보면서 세계 최고 수준이라는 재주를 확인할 수 있었다. 공연 끝나고 나오니 아직 어둡지는 않았다. 빗줄기는 더 굵어지고 온정리는 밥짓는 연기로 자욱했다, 나무를 때서 취사와 난방을 한단다. 전기가 공급 안 돼 불빛이 없는 게 특이하다.

다음날 아침 7시 반이 넘어 조장이 와 깨우는 바람에 허겁지겁 일어났다. 비가 내리고 있어 모두에게 지급해 준 우의를 입었다. 내내 비를 맞으며 구룡연 코스를 탐승했다.
구룡연 구역이 금강산 관광의 압권인 듯싶다. 길도 만물상 코스에 비하면 마냥 편하고 풍광이 황홀하였다, 밤새 비가 많이 내려 계류는 풍성하고 곳곳에 계절폭포가 생겨 환상처럼 비경을 더욱 돋보이게 만들었다. 깊은 영성(靈性)이 깃들인 금강이 비에 씻겨 더욱 해맑은 영기(靈氣)가 감돌았다. 이런 기운은 아직 어디에서도 느껴보지 못했다.

오선암까지 버스로 이동 중에 신계사터를 지나고 창터 솔밭이 있었다. 버스에서 뛰어내리고 싶은 승경(勝景)을 어제와 오늘 수없이 만났다. 아까운 절경이 즐비하였다. 양지대에서 잠깐 걸음을 멈췄고 산삼과 녹용이 녹아 흐른다는 삼록수를 보고는 물을 손그릇으로 양껏 마셨다. 한 모금만 마셔도 10년은 젊어진다는 설명도 들었다. 잘 우린 녹차맛처럼 개운한 뒷맛이 일품이다. 금강문을 기억자로 빠져나가니 옥류동이었다. 옥류담과 폭포를 배경으로 북한측 젊은이에게 사진 촬영을 부탁하니 쾌히 들어줬다. 만물상 코스처럼 중요 지점마다 북한 남녀가 한 조를 이뤄 지키고 있으나 감시한다는 눈치를 안줬다. 누구도 벌금을 문다든지 제약을 받지 않았다. 안내 조장과는 안면이 있는 듯 이야기도 잘 주고받는 모습이었다.

연주담을 찍고 조금 오르니 왼쪽으로 비봉폭포가 보였다. 139미터의 높이로 금강산 4대 폭포 중 하나이다 맑은 날엔 역광이어서 사진이 잘 안 나오고 바라보기도 눈부셔 관찰이 어렵다는데 비오는 날이라 마음 놓고 찍고 볼 수 있었다. 평소엔 수량이 적은 편이라지만 물줄기가 장쾌하다. 정면으론 위쪽에 무봉폭포가 풍성한 물을 내렸다. 상팔담 가는 길목엔 현대측 직원이 막아섰다. 눈이 쌓여 등반이 위험하단다. 못내 섭섭하고 아쉬웠다. 상팔담의 비경은 생각만 해도 가슴이 뛰는 곳임에랴.

설악산의 대승폭포, 개성 대흥산의 박연폭포와 함께 우리나라 3대
폭포로 알려진 구룡폭포와의 대면은 환희와 감격이었다. 내리 꽂히는
물줄기는 차라리 장엄했다. 폭포의 산정은 흰 눈이 쌓여 신비스러웠
다. 필설로 표현한다는 게 무리이다. 암벽에 새긴 미륵불(彌勒佛) 글씨
는 국내 최대의 크기로 불(佛)자의 긴 세로획은 13m나 된다. 구룡연 깊
이와 같다고 한다. 해강(海岡) 김규진(金圭鎭) 선생의 필적으로 글씨를
쓴 붓 또한 두 손으로 잡아끌고 다녀야하는 대필(大筆)임을 자료 사진
으로 본 적이 있다.

하산 길에 두 번 미끄러져 넘어졌다. 꼭 하산 길에만 넘어진다. 어제,
오늘 다섯 차례나 넘어지고도 찰과상조차 안 입었으니 산신령님의 보
호를 극진히 받은 듯하다. 넘어진 얘기를 듣고 돈선 형님은 "만물상
금갔겠다."니까 종남 형님은 한술 더 떠서 "손해배상 청구서가 평양에
서 날아들 터이니 기다려 보라고."하며 농담을 던졌다. "원체 금이 많
이 가 있는 바위들이라 표가 안납디다."라는 대답으로 웃어 넘겼다.

금강산 다녀온 후 산신령님이 몸살을 앓았을 것이다. 안내 조장이
일 년간 백여 차례 오르내렸지만 이번처럼 사계절을 한꺼번에 다 보여
주는 경험은 처음이랬다. 만물상 오를 때는 비를 뿌리고 진눈깨비가
나부끼며 운무의 장관을 보여주더니 망양대 능선에는 진달래꽃까지
피워 놓았다. 구룡연 가는 길에도 비를 내리며 수십 군데 계절폭포를
걸어놓아 탄성을 자아내게 했다. 밤새 많은 비로 여름을 방불케 하는
계류의 교향악에 속진을 씻게 만들었다. 천화대, 집선봉의 서설(瑞雪),

많이 남은 선연한 단풍, 잎이 진 나목림(裸木林)의 늦가을 정취까지 골고루 신기(神技)를 발휘하랴 힘드셨으리라.

구룡연에서 옥류담 내려오는 사이에 꿈속인 듯 무아경에 빠졌었다. 선계(仙界)의 선인(仙人)이 된 듯 묘한 기분이 들었다. 몸이 붕 떠있는 듯 풍광에 도취되어 북한땅 금강산인 것도 잊었었다,

이래서 옛 어른들이 몽유금강(夢遊金剛)이란 표현을 썼으리라. 너무나 아름다우면 비현실처럼 여겨지는 게 예나 지금이나 다를 바 없을 터이다. 귀로에 지인(知人)의 권유가 있어 강릉에 내렸고, 강릉시립박물관에서 <아름다운 금강산 특별전>을 보게 되는 기쁨도 있었다. 금강산을 탐승하고 온 직후여서 고금의 작품들과 비교가 되었고 이전과는 보는 입장이 달라졌음을 느낄 수 있었다. 훨씬 생생하게 그림들이 다가왔다.

우리 그림이 중국풍에서 벗어나는 계기를 금강산을 소재 삼으면서 찾았다. 그 어떤 그림들보다도 한국적인 표현이 두드러진다. 소정(小亭) 화백은 8년간 금강산과 벗했고 30년간 금강산 그림을 그렸다. 금강산 그림의 걸작을 남겼다면 얼마나 금강산과 밀접한 관련을 가졌을까 미루어 짐작할 수 있다. 금강산 특별전을 감상하며 여행의 대미를 의미있게 장식했다. 그럼에도 아쉬움이 크게 남는다. 좀 더 자유롭게 오랫동안 머물며 소화시킬 수 없다는 규제가 안타깝기만 하다. 다만 민족의 영산(靈山)으로 삼아 자연을 아끼고 보존하는 북측의 노력엔 경의를 표하고 싶다. 원자연(原自然)에 가까운 절경(絶景)을 남측의 어디에서 볼 수 있는가. 유명할수록 오염되고 개발이란 명목으로 훼손시

키지 않는가.

꿈속에서 다녀온 듯 금강산은 몽환적인 아름다움을 보여줬다. 이제 화폭에 담아야 하는 짐을 지게 됐다. 짧은 일정에 너무 많은 것을 인상 (印像)시키느라 힘겨웠고 혼란스러운 면도 있다. 그래도 다녀왔다.

금강산길이 통일의 물꼬가 트이는 서광이기를 희망해보자. 통일이 되고야 다시 가보리라. 그때까지는 분단의 아픔과 아쉬움, 안타까움 을 가슴 속에 사려두고 기다릴 터이다. 통일을 소원하면서.

제5부

나라밖 여행

로마

해외여행 경험이란 별로 없는 사람이 유럽의 뿌리라 할 로마에서 36일간 머무르며 국립동양박물관에서 초대개인전과 열 번의 시연회를 가졌고 이탈리아 사람들을 무수히 만났다. 관람객의 95%가 이탈리아인이었다.

로마 관광책자에 나오는 유명한 명소들이 10~20분 거리에 위치해 내 산책코스로 삼으며 가까이할 수 있었고, 헤아릴 수 없는 유적들은 고색이 창연한 가운데 빛나고 있었다.

강렬한 햇살은 선글라스를 멋이 아니라 필수품으로 쓰게 만들었다. 평생 처음으로 로마에서 선글라스를 자연스럽게 쓸 수 있었다. 그들은 습관이 되어 밤에도 선글라스를 썼다. 어디를 가나 세계에서 모여든 관광객들로 붐볐다. 콜로세움이나 바티칸은 입장료를 내고 보려는 사람들로 장사진을 쳤다. 몇 시간씩 기다리는 건 다반사다. 그럼에도 불편해 하는 기색을 볼 수 없었다.

로마에서 지내며 인상 깊었던 일은 인본주위가 최우선이라는 것이었다. 건널목에서 빨간불이 켜져 있어도 거침없이 길을 건너는 모습은 흔하다. 건널목이 아니라도 상관없었다. 사람이 최우선이기에 차들은 무조건 섰다. 운전자가 항의하거나 화를 내는 모습을 못 봤다. 당연한 현상이기에 그럴 것이다. 개들의 천국이기도 하다. 보도를 걸을 때 개똥을 밟지 않게 주의하라는 말을 제일 먼저 들었으니까. 새들의 천국이기도 했다. 처마 밑으로 걷지 말라는 말을 들었다. 자칫하면 새똥 세례를 받게 된다며. 내 그림에 등장하는 새들은 로마에서는 자연스러운 풍경이었으니. 비둘기가 많았으나 산까마귀며 이름 모를 새들이 떼지어 날았고 나무에 앉았다.

로마의 유명한 유적들보다는 로마의 소나무들이 내 가슴을 자극했다. 한국에서는 아마도 강릉이 도심에 소나무가 흔하다고 하겠지만 로마에 비교한다면 어림없다고 하겠다. 인공으로 조림된 것일 터인데 그 굵기며 풍모며 높이가 상상했던 것 이상이었다. 한 아름 이하는 찾기가 어려웠고 다 한 아름 반 이상의 굵기에 두 아름인 것도 심심치 않았으며 세 아름 굵기도 드물게 볼 수 있을 정도니 감탄과 놀라움에 입이 벌어지면 다물어지지 않았다. 발길에 닿는 곳엔 어김없이 소나무들이 있었다.

소나무 화가 우안에겐 더 할 수 없을 만큼 행복한 나날들이 이어졌다. 즐겨 찾았던 네로 황제의 정원도 소나무로 뒤덮여 있는 곳이었으니 발길이 자주 향하는 건 당연했다. 시간이 부족해 맘껏 스케치하지 못하는 것만 아쉬움이었다. 그래도 짬짬이 20장의 소나무 스케치를 할 수 있었다. 키가 3~40 미터를 넘으니 스케치북 펼쳐놓은 두 장을 꽉 채우는 경우가 빈번했다. 떠나오기 전 소나무들과 작별을 나눌 때 얼마나 정이 들었던지 눈물이 핑 돌았다.

한국화가로 한국화전이 로마에서는 처음이었는데 기대 이상의 호응을 이탈리아 사람들이 보여줬다. 로마에 와서 감동 속에 지낸다니까 한 로마인은 자신들에게 우안과 한국화 작품이 준 감동이 더 클 것이라고 했다. 감동으로 나눈 교류는 일시적인 현상으로 그치지 않을 거라는 확신을 가지게 만들었다. 한국화의 바람이 불고 더 나아가 한국 문화의 바람이 불 거라는 희망을 가지기에 충분할 정도였다. 내 귀국 전 이미 박물관 측에서 후속 전시로 한글서예전을 확정했으니까. 내년에 한국관이 국립동양예술박물관에 만들어지는 것과 더불어 이번에 뿌린 씨앗이 뿌리를 내리고 싹을 틔우며 꽃 피울 것이라는 전망을 하게 만든다.

시카고

1

소헌 은사(小軒恩師)님의 부름을 받고 생각지도 않았던 미국을 다녀왔다. 2월 17일 출국, 26일 귀국할 때까지 8박 9일을 머물며 미국 세 번째 큰 도시라는 시카고를 이모저모 살펴볼 수 있었다. 대한항공이 제공하는 한가족 서비스 덕분에 혼자 나서는 엄두를 낼 수 있었다. 영어를 전혀 못하는데다 청력 2급 장애자로서는 큰 용기가 필요했다.

춘천을 출발할 때 내리던 진눈깨비는 그치고 흐린 하늘, 추운 날씨, 마음은 다행히 평온했다. 한가족 서비스 전담 직원의 안내를 받아 검색대를 지나 비행기에 탑승, 12시간이 넘는 지루한 항해 끝에 시카고 오헤어공항에 내렸다. 공항엔 소헌 선생님과 박제인 묵미회 회장, 소연 이남주님, 단계 윤길원님이 마중 나와 주셨다. 시카고의 하늘은 이중으로 구름이 두껍게 덮여있고 곳곳에 폭설 후 제설한 눈더미가 쌓여있는 게 보였다.

기온은 푸근해 봄기운이 느껴졌다. 공항을 벗어나 첫 대면한 시카고의 인상은 미군부대 영내를 확대해 놓은 듯싶다는 것이었다. 단층이나 이층 주택들이 소박 단순하고 건실해 보였다. 주택가의 넉넉한 공간감도 와 닿았다. 나무들도 많았다. 도로며 집의 배치며 모든 게 바둑판처럼 질서 정연했다. 대지(大地)란 말이 실감나는 나라 미국이다.

공항에서 그리 멀지않은 소헌 선생님 댁에 여장을 풀고 사모님께 인사를 드렸다. 시카고의 전형적인 주택가였다. 휴식을 잠시 취한 후 교외에 있는 '보태닉 가든'에 동행했다. 전시장엔 작품들을 걸기 위한 작업이 진행되고 있었다. 모자라는 벽면을 만들고 작품의 배치며 간격을 치밀하게 재는 중이었다.

수목원엔 우리 소나무와 같은 눈에 익은 소나무들이 드문드문 있어 반가웠다. 무엇보다 버드나무가 인상적이다. 낭창낭창 늘어진 잔가지들이 모두 노란색이어서다. 수목원 뿐 아니라 시카고 전역에 고루 분포되어 있다. 여러 그루 모여 있는 버드나무를 멀리서 보면 개나리가 활짝 피어있는 것처럼 보일 정도다.

저녁 식사하고 나와 구름 사이로 숨바꼭질하는 보름달을 감질나게 봤다. 대보름날이다. 선생님 댁으로 돌아오며 차 안에서 거듭 졸았고 집에 들어서자마자 고작 7시 반이 조금 넘었건만 방으로 들어가 그대로 혼절하듯 잠 속으로 빠져들며 시카고의 첫날을 마감했다.

2

시카고의 둘째 날은 쾌청한 날씨였으나 바람이 많았다. '바람의 도시'라는 별칭다웠다. 바람 속엔 봄기운이 담뿍 들어있다는 걸 감지하게 된다. 변덕 많은 사람에 빗대 '시카고 날씨 같다'라고 한단다. 사모님이 만드신 미국식 아침식사, 선생님 부부와 팬케이크를 오붓하게 먹었다. 오전에 거실에서 커피를 마시며 선생님과 대화를 나눈 시간은 그럴 수 없이 좋았다. 이런 시간이 거의 매일 있어서 사제 간의 정을 깊이 나눌 수 있었다. 문하에서 공부할 때는 어리기도 했거니와 잘 듣지도 못하였고 감히 이야기 나눌 상대가 못됐다. 어떻게 춘천에 자리 잡게 됐으며 그전엔 어떤 행로를 걸으셨는지 몰랐다. 이번 여행을 통해서야 선생님 주변의 친분 관계도 어떤 경로로 맺어졌는지 알 수 있었다.

11시쯤 선생님이 운전을 하시고 시카고 다운타운을 둘러볼 수 있었다. 다운타운 앞은 링컨파크로 동물원도 있고 수영장이며 선착장이 있어 여름에는 사람이 몰린다지만 겨울이라 인적이 없었다. 미시간호는 이름이 호수지 그냥 수평선만 보이는 바다였다. 파도도 바다의 파도처럼 크고 거칠었다. 시카고가 바람의 도시란 이름을 가진 것도 미시간호에서 일으키는 바람에 의한 것이라 했다.

저녁은 선생님 댁에서 꽤 먼 곳에 있는 묵미회원인 하정 정해영씨 댁에서 묵미회원, 대전팀과 함께 모여서 먹었다. 집안이 온통 미술품으로 꽉 차 있어 미술관 같았다. 묵미회전 전야제였다. 식후 밖에 나왔다가 본 대보름 하루 지난 둥근 달은 내 생애에 본 가장 크고 청명하며 아름다운 달이었다.

일찍 자고 일찍 일어나 동네 산보를 했다. 3~40분 걷는 즐거움이 컸다. 귀국하는 날 새벽까지 이어진 습관이었다. 선생님 동네를 산보하다가 소나무가 있는 집을 발견하고 작은 수첩에 볼펜으로 스케치를 하고 있었다. 개 짖는 소리가 들리는 듯하더니 주인집 할머니가 노기등등해서 나와 나를 보고 뭐라고 따졌다. 영어는 한 마디도 알아들을 수 없는 상황, 그리고 있던 수첩을 보여주니 화난 표정이 풀리고 웃으며 "굿! 굿! 오케이 오케이" 계속하라며 그냥 들어갔다. 그 이야길 선생님께 드리니 큰 일 날 뻔 했단다. 이상한 사람이 집 앞에 얼쩡거리면 볼 것도 없이 바로 신고하는 게 미국 사람이라는 거다. 듣고 보니 아찔했다. 모르는 게 약이라 할 것인가.

오후 1시가 조금 넘어 보태닉 가든으로 향했다. 3시에 심향맥전 개막식이 있어서다. 참석 예상 인원은 3백여 명이라는데 묵미회장님 말로는 6백여 명이 참석했단다. 다음날 매표소에서 알려준 입장객은 1천 명이 넘었다고 한다. 리셉션장이나 전시장이 꽉 찼었다. 테이프 커팅에 참여했고 합동기념사진도 같이 찍었다. 전시장이 준비한 작품에 비해서 좁아 촘촘히 걸려서 아쉬웠고 관람객들이 발 디딜 틈도 없을 만큼 붐볐다. 대성황이다.

심향맥전[深香脈展]은 한국 근대 6대가의 한 분인 심향 박승무 화백의 정신을 이어가자는 취지로 2009년 대전에서 첫 전시가 있었다. 대전에서 활동하는 한국 화가들과 시카고에서 묵미회를 설립하고 후진을 양성하는 심향 화백의 장자이자 맥을 잇는 소헌 선생의 문하생들의 합동 전시회다. 서로 교환 전시를 하기로 했고 이번에 시카고에서 이뤄진 것이다. 묵미회 창립 30주년 기념을 겸하여 그 의미가 더 각별하다.

3

시카고 4일 째, 새벽부터 종일 비가 내렸다. 오전엔 선생님과 이야기 나누는 소중한 시간을 보냈다. 2013년이면 80세가 되신다. 회고전은 내가 제안해 놓은 상태, 그에 따른 논의가 물 흐르듯 이어졌고, 그동안 해놓으신 선생님 작품을 지하에 있는 화실에 내려가 감상하는 시간은 어느 때보다 농밀한 사제 간의 관계가 부활되는 기회이기도 했다. 자연스럽게 도미 후 살아오신 과정이 나오고 과거와 현재가 넘나든다. 사모님이 같이 있기만 하면 뭔 이야기가 그리 많으냐고 질투어린 말씀을 하실 정도다.

비가 내리는 속에 선생님이 운전하시고 나는 옆자리에 앉아 시카고의 여러 곳을 구경 다녔다. 이슬람 양식으로 지어진 바하이 텐플 사원은 시가지가 펼쳐진 전망을 잘 볼 수 있는 언덕에 세워져 강렬한 인상을 줬다. 로렌스 거리는 한국어 간판들이 즐비했다. 코리아타운이란 이름은 없어도 여기가 한국인이 만든 중심 거리임을 알겠다. 선생님도 이곳에서 첫 밤을 지내고 주변에 둥지를 틀었다고 했다. 월세방이었다는 곳도, 첫 구입해 살았던 주택도 둘러볼 수 있었다.

체류 5일째 되는 21일에도 눈, 비가 내렸다. 기온도 급강하다. 비가 내려도 눈이 내려도 추워져도 새벽 산책은 빼먹지 않는다. 차 번호판마다 가운데에 링컨의 초상이 들어가 있는 게 인상적이다. 선생님은 내게 링컨 생가를 꼭 보여주고 싶어 하셨으나 날씨도 나쁘고 여러 사정으로 접어야 한 것이 조금 아쉬웠지만 어쩌랴 다음을 기약해야지.

점심 식사 후 시카고 대학교를 찾았다. 선생님이 운전하시며 시카고 대학에 대한 이야기를 생각나는 대로 이야기 해주셨다. 미국 최고의 대학 교정을 둘러보는 감회는 각별하게 와 닿았다. 각자 개성 있는 건축물들이 감탄을 자아냈다.

이어서 시카고 자연사박물관에 갔다. 1,600만점의 소장품을 가진 자연사박물관은 규모가 엄청나다. 이름처럼 인류학, 식물학, 동물학, 지리학의 보고라 하겠다. 이런 걸 볼 때 역사는 짧지만 국력이 바탕된 저들의 철저한 노력은 그저 경이롭기만 하다. 혀를 내두르게 만드는 풍부한 수량이며 공들인 세심한 배치는 놀랍기만 하다. 세계적이란 이름에 값한다. 자연사박물관에서 바라본 빌딩들은 위쪽이 비구름 속으로 잠겨서 또 다른 장관을 보여줬다. 맑은 날 다 보여주는 것도 좋지만 저렇게 끝부분이 구름 속에 가려진 모습도 그 높이 때문이니 더 실감이 난다. 하여간 시카고가 내게 다양한 표정을 보여주느라 애쓴다.

4

시카고 체류 6일 째, 새벽에 일어나 창밖을 보니 눈이 내리고 있었다. 첫 사흘을 빼고는 멀쩡한 날이 없는 거다. 비가 내리거나 진눈깨비가 왔고 이젠 눈까지 내리고 있다. 건설(乾雪)에 부드럽고 곱게 내리는 눈이라 산보하는 즐거움이 오히려 더 커졌다. 눈이 오는 서정(抒情)을 만끽한다.

눈이 내리는 바람에 모든 일정은 취소됐다. 오후에 널럴한 시간은 오로지 선생님과 이야기로 채웠다. 끝없이 이어지는 대화가 참 좋았다. 떨어져 지낸 세월이 36년이다. 쌓인 이야기가 무궁무진한 게 당연지사다. 서로 정진하며 추구한 예술의 세계가 있음에랴. 이역만리에 오셔서 자리 잡기까지 어려움이 얼마나 컸을 것인가. 고아가 된 듯한 심정으로 살얼음 밟듯 걸어온 내 삶도 그랬다. 부끄럽지 않은 모습으로 성장해 선생님 앞에 나타났다는 뿌듯함도 있었다.

23일, 일곱째 날이다. 여전히 눈, 비가 내렸다. 아침 식사 후 내가 자청해 선생님 화실에서 먹을 갈고 붓을 잡았다. 송죽도(松竹圖)를 반절 크기로 그렸다. 선생님도 오가며 옆에서 지켜보셨다. 흐뭇하셨을 것이다. 다음날 오전엔 매송도를 같은 크기로 한 점 더 그렸다. 이렇게라도 미국 다녀간 흔적을 남기고 싶었다. 작가란 어쩔 수 없이 어디서건 붓을 잡을 때 몰입되고 가장 행복하며 편해진다.

오전 11시경 시카고미술관으로 향했다. 미술관 입구에는 청동 사자상 두 마리가 좌우로 지키고 있다. 당당하고 힘찬 기상이다. 안 좋은 날씨에도 미술관은 관람객으로 붐볐다. 중세 미술에서 인상파의 모네, 르누아르, 고흐, 드가 등과 엘 그레코, 로댕, 세잔느, 피카소까지 명성이 드높은 작품들을 만났다. 특히 쇠라의 대표작인 '그랑드자트섬의 일요일 오후'는 시카고 미술관이 자랑하는 것이고 그 앞에 서니 그럴 만 하다고 고개가 절로 끄떡여졌다. 자연사박물관에서도 압도됐듯 여기서도 역시 풍부한 전시품이 놀랍기만 하다.

 이쯤 둘러보고 구내식당에서 샌드위치로 점심을 먹은 후 다시 관람, 대충 보는데도 4시간이 넘게 걸렸다. 시카고 미술관을 관람한 것만으로도 이번 미국행은 충분히 의미가 있다. 저녁 식사를 끝내고 나오니 큼직한 눈송이가 펑펑 내렸다. 눈송이가 조금 과장하면 주먹만 하다. 드넓은 하늘을 뒤덮으며 가로등에 비치는 눈발이 얼마나 아름답던지 그저 좋았다. 시카고는 내게 참 다양한 표정을 골고루 보여주는구나 싶다. 돌아오는 날 새벽에도 눈이 내렸고 눈길을 산책하며 그동안 정들었던 나무들과 이별 인사를 나눴다.

상해, 항주, 주가각

　중국에서 강남일대라 불리는 상해, 항주, 주가각을 둘러보는 일정이었다. 몸의 상태가 해외여행을 안심하고 다녀올 형편이 아니었다. 부정맥과 한기에 약한 상태에 왼쪽은 무릎과 고관절이 엉망이었으니까.

　인천공항에서 상해 포동공항까지는 두 시간 정도의 거리다. 첫 날 점심은 기내식으로 해결, 공항엔 가이드가 기다리고 있었다. 첫 행선지는 상해의 상징이 된 동방명주(東方明珠)였다. 전망대에서 한 층을 계단으로 내려오면 바닥이 통유리로 되어있는 또 하나의 전망대가 있다. 고소공포증이 있는 내겐 아찔해 끝내 통유리 위엔 올라서지 못했다. 전망대에서 본 상해의 초고층 빌딩과 황포강은 흐리고 뿌연 시야에도 굉장했다. 상해의 역동성이 느껴졌으니까. 상해에서 맑은 날을 보기란 어렵다고 한다. 여행기간 내내 흐렸고 습한 추위와 함께 비가 내렸다. 귀하다는 눈까지 만났지만 일정에 지장을 받지는 않았다.

　다음은 상해 마당로에 있는 대한민국 임시정부청사를 가봤다. 3층으로 이뤄진 이 좁은 공간에서 조국의 광복을 위해 헌신했던 기개가 눈물겹다. 윤봉길 의사의 의거로 일제의 핍박이 거세지며 옮기기 전까지 사용했다. 각층으로 오르는 계단은 좁고 가파랐다.

임시정부청사가 있는 지역은 그 당시의 원형으로 남아있는 건물들이 고풍스럽다. 길 건너는 최첨단 건물이 들어서 있어 좋은 대조가 된다. 또 다른 상해의 명소인 신천지(新天地)가 가까이 있다. 중국식과 서양식이 절묘하게 접합된 벽돌 건물들은 고품격에 정갈한 느낌을 준다. 벽돌이 유난히 작았고 그것들의 집적이 만들어낸 효과는 놀랍게도 세련된 미를 중후하게 나타냈다. 식당과 카페, 명품점들이 늘어서 있었다. 이곳만이 보여주는 건축의 아름다움이 인상적이다.

둘째 날, 중국 강남에 있는 4대 누각중의 하나라는 7층인 오산성황각(吳山城隍閣)에 올랐으나 운무로 시야는 넓지 않았다. 여기저기 보이는 누각도 아름답지만 정작 부러운 것은 오산의 각종 거목들이 가득한 숲이었다. 세월이 축적된 기운이 내뿜는 생명의 노래는 교향악이고 이건 경제력으로 할 수 있는 것이 아니기 때문이다. 오르는 길 포석도 견고하고 단정하며 걷기에 편하다. 이런 건 배워야 한다.

청나라 때 모습을 간직한 청하방을 구경했다. 청하방에 있는 서령인사를 찾아보니 그냥 판매점이었다. 큰 붓 한 자루를 60위안에 구입했다. 서령인사가 유명한 것은 무엇보다 인주인데 가격이 한국과 별반 차이가 없어서 구입하지 않았다.

서호는 기와를 얹은 유람선을 타고 둘러봤다. 화항관어비(花港觀魚碑)가 서 있는 곳의 가까이에 있는 선착장에서 탔다. 배 타러 가는 길엔 동백꽃이 여러 종류가 활짝 피어 있어서 강남의 정취를 느낄 수 있었다. 안개 낀 서호는 보기에 따라 남종 산수화의 그윽하고 아련한 시정이 감돈다고 여길 수도 있겠다. 역시 호변엔 버드나무가 늘어서 있어 호수와 어떤 나무보다도 잘 조화되고 풍정을 살린다. 정자와 누각과 호수, 중국풍이 진한 유람선들이 떠 있는 풍광은 눈길 닿는 곳마다 그림이 된다.

배를 타고 도는 중에 서령인사를 발견했다. 배가 닿은 선착장에서 걷기는 조금 멀고 차로는 금방인 곳이다. 나를 포함한 네 명만이 따로 차를 수배해 급하게 둘러볼 수 있었다. 서령인사(西冷印社)는 산기슭에 자리 잡아 건물들과 수목암석이 조화를 이룬 모습에 감탄이 나왔다. 고산(孤山)을 배경 삼고 서호를 앞에 둔 배산임수의 터다. 건물과 정원이 아기자기하고 격이 있으며 멋스럽다. 아취가 풍긴다. 원림(園林)의 한 전형을 보게 된다. 그대로 강촌 마당재에 옮겨놓고 싶어진다.

가까운 대형식당에서 저녁을 먹고 송성가무쇼를 보러갔다. 역사와 서커스가 가미된 중국색이 강한 가무극이다. 쇼라는 이름에 걸맞은 공연이다. 이렇게 이틀 째 여정을 마쳤다.

셋째 날은 좀 일찍 서둘렀다. 주가각(朱家角)부터 들렀다. 상해 청포구에 자리 잡은 400여년 된 명,청 시대 목조 건물이 가득한, 고풍스러운 정취가 물씬 풍기는 방생교 등 다리가 많은 운하 마을로 유명한 곳이다. 마을엔 일백여년 된 중국 청대 우체국이 있다. 지금도 유물로서뿐 아니라 우체국 기능을 부분적으로 하고 있다는 곳이다. 곤돌라도 타봤다. 걸어서 마을 깊숙이 들어가 배를 타고 나오는 방식이다.

다음 행선지는 예원 옛 거리에서 자유 시간을 가졌다. 사람들로 인산인해다. 규모도 화려하고 컸다.

중국 4대 박물관에 속한다는 상해박물관을 둘러보는데 시간이 터무니없이 부족해서 3층의 전각실과 서화실만 빠르게 봐야했다. 전각실은 고대부터 근대까지 고르게 갖추고 있어서 전각학 책에서 본 것을 실물로 확인하는 과정은 의미가 있었다. 서화실에서 접한 원대부터 청대까지의 명가들 작품은 황홀하다. 팔대산인과 석도의 작품이 눈길을 끌었고 정판교의 난죽도 두루마리는 3미터 정도만 펼쳐 있었음에도 흥분할 만큼 반가웠다.

　서령인사와 상해박물관을 본 것만으로도 이번 중국여행은 충분히 가치와 보람을 함께 누릴 만했다. 짧은 시간이 그렇게 아쉬울 수 없었다. 어두워진 후 타이캉루 예술인 거리를 둘러봤다. 이색적인 공방이며 카페들이 즐비하고 좁은 골목이 미로 같다. 우리의 홍대 골목 같다는데 그곳을 가보지 않았으니 비교할 수 없음이다. 집세가 싼 허름한 지역이라 가난한 예술인들이 모여들며 형성된 거리라 한다.

　황포강 유람선을 탔다. 상해의 야경은 화려하다. 동방명주는 예전의 화려한 야경을 보여주지 않았지만 초고층 빌딩들이 각양각색의 불빛으로 볼 만했다. 마지막 여정은 남경로였다. 가장 번화가인 거리다. 그러나 별반 흥미를 끌지는 못했다. 짧은 일정에 모든 것을 만족하게 다 볼 수는 없다. 아쉬운 것은 다음을 기약한다.

대마도

5월 18일, 오전 8시 반에 부산항 출항하는 배를 타고 가 대마도를 둘러본 후 19일 오후 3시에 부산항 도착한 아주 짧은 1박 2일 해외여행을 다녀왔다. 부산에서 대마도 이즈하라[嚴原]항까지는 약 2시간 정도 걸렸고 대마도 히타카스[比田勝]항에서 부산항까지는 1시간 10분 정도에 왔다.

맑은 날씨에 부산을 출발했으나 대마도 쪽으로 갈수록 운무가 끼고 시야는 좁아졌다. 이즈하라항이 보일 즈음부터 창문에 빗살이 닿았고 그 비는 내내 줄기차게 내렸다. 입국 수속을 마치고 밖으로 나가니 시가지가 항구와 맞붙어 있었다.

우산 쓰고 걸어서 도착한 첫 방문지가 수선사(修善寺)였다. 대한인(大韓人) 면암 최익현 선생(勉菴 崔益鉉先生) 순국지비(殉國之碑)가 있는 곳이다. 집안 어른이 되신다. 이번 행보에 첫 순위가 수선사를 답사하는 것이어서 감회가 깊었다. 한국 관광객은 꼭 들르도록 코스가 짜여있어서 17명의 우리 일행 말고도 계속 이어졌다. 가이드의 면암 선생 관련 설명도 상세하고 진지해서 고마웠다.

면암 선생은 1906년 11월 17일 단식으로 대마도서 순국하셨고 수선사에서 장례를 치렀다. 그 뜻을 기려 이곳에 순국비를 세운 것은 1986년이다. 절은 작았고 망자의 비석들이 주변에 빼곡하게 차 있었다. 순국비는 절 건물과 가장 가까이 잘 보이는 곳에 세워져 있고 옆에는 무궁화를 심었다. 나무가 비석보다 작지만 꽃이 피면 비를 감싸며 헌화하는 형세가 된다. 비석에 향기가 어리겠다.

대마도 역사자료관을 들러야 하나 월요일이라 휴관이어서 대체 행선지로 나카라이 토스이[半井桃水] 생가에 들렀다. 어느 곳을 가든 다 걸어서 십오 분 거리 정도에 있다. 토스이는 부산 왜관에서도 살았었고 도쿄 아사히신문 소설 기자로 근무하며 춘향전을 번역해 20회 연재를 하는 등 한국과 인연이 깊은 대마도 출생 문인이다.

문학관이 있는 주변에 정교하게 쌓은 담들이 눈길을 끌었다. 산불이 날 경우 불이 번지지 못하도록 방화벽으로 사방에 만들어 놓은 것이란다. 석축 솜씨가 치밀하고 견고하다. 크고 작은 다른 형태의 돌들이 맞물리고 얹히며 만들어낸 조형성도 뛰어나다. 면은 각이 반듯하게 딱 잡혀있다. 종이 한 장 끼어 넣을 틈이 안 보인다. 석축엔 돌을 다루는 장인정신이 배어있다. 어디 한군데 허술함이란 눈을 씻고 찾아봐도 없다. 도처에서 보이는 석축은 한결같다.

세 번째 들른 곳이 하치만구신사[八幡宮神社]다. 이즈하라에선 중심부에 해당한다. 신궁(神宮)과 신사(神社)가 함께 있는 곳이어서 위로 오르는 돌계단이 세 갈래로 나 있다. 내력이나 건물들, 시설보다 감탄을 자아내는 것은 1,100년 묵었다는 거목이고 그에 못지않은 나무들의 울울창창한 숲에 탄성이 절로 나왔다. 신사 주변엔 어디를 가나 유난히 큰 나무들이 많았다. 신사와 오랜 역사를 같이 했다는 무언의 증표라 할 것인가.

주차장 관리소 뒤에 있는 한 그루 해송도 눈길을 끌었다. 백 년은 된 듯하다. 의외로 일본에서는 소나무를 보기가 어렵다. 삼나무와 편백나무가 흔하다. 대마도의 나무를 팔면 일본 전 국민이 3년을 먹고 살 수 있단다. 그만큼 원시림이 울창하다. 가이드 말대로 비행기에서 낙하해도 땅에는 안 닿고 나무 위로 떨어진다는 말이 실감난다.

조선통신사비(朝鮮通信使碑)와 통신사를 영접했다는 고려문(高麗門), 덕혜옹주 결혼봉축비가 서로 멀지 않은 곳에 있다. 대마도 역사자료관을 중심에 두고 이웃해 있었다.

정해진 일정을 다 돌고난 시간이 오후 3시 반이다. 이즈하라에서 가장 큰 티아라 쇼핑센터에서 자유 시간을 주었다. 일본에서 유명하다는 모스버거 쓰시마점이 바로 앞에 보여 들어가 커피와 함께 주문해 맛봤다.

숙소에 짐을 내려 놓고 시내로 내려가 만송각이란 식당에서 해물과 고기, 야채가 있는 모듬 바비큐로 든든하게 먹었다. 저녁 먹고 돌아와 호텔 1층에 있는 대욕장에서 목욕을 했다. 이름이 대욕장이지 크지도 않았고 예전 우리네 시골 목욕탕 수준이다.

5월 19일, 잠을 잘 자고 일어난 시간이 아침 6시 반이다. 밖에 나가 보니 해는 벌써 높이 떠 있다. 아침은 거짓말처럼 맑고 해가 솟아오른 바다는 눈부시게 빛나고 있었다.

7시, 호텔 식당에서 식사를 하고 8시에 출발. 도로는 중앙선이 안 보이는 좁은 길이 대부분이다. 만제키바시[萬關橋]는 정차하지 않고 가이드의 설명을 들으며 그냥 지나쳤다. 인공으로 뚫은 수로인데 여기를 기준으로 상대마와 하대마로 나뉜다. 원시림도 많지만 도로 주변엔 인공으로 조림하고 가꾸는 편백나무와 삼나무들이 계속 이어졌다. 아래잔 나무들을 벌초한 흔적들이 보였다. 모두 곧고 늘씬하다. 넓은 왕대 밭도 드물지 않게 볼 수 있다. 청정 자연을 내세울 만하다.

첫 번째 들른 곳은 에보시타케[烏帽子岳]전망대다. 360도 전망이 열린 곳이란다. 그러나 안개가 끼어서 전망은 기대할 게 못된다. 전망대에서 버스로 내려온 곳에 와타즈미[和多都美]신사가 있다. 용궁전설이 서려 있는 곳이라고 한다. 도리이가 바다 속으로 연이어 세워져 있다. 신사 건물 옆에 삼백여 년 됐다는 해송이 볼 만했는데 지상에 드러난 몸통과 가지도 독특하지만 더 특이한 것은 굵은 뿌리 한 줄기가 신사 건물을 따라 10m가 넘게 돌출되어 있는 모습이다. 노송의 뿌리 노출은 한국화에서도 자주 표현할 정도로 희귀한 일이 아닌데 여기 해송처럼 한 줄기로 길게 이어지는 예를 지금까지 못 봤다. 기이하다. 스케치북을 가지고 내리지 않아 스케치를 못한 것이 내내 아쉬웠다.

세 번째 버스가 선 곳은 긴노오이쵸[琴の 大銀杏]란 1,500년 됐다는 은행나무가 있는 곳이었다. 일본에서 가장 나이가 많은 은행나무란다. 기념보호수로서 벼락을 맞은 흔적도 지니고 있는데 용문사 은행나무

에 비하면 수형이 좋은 편은 아니었다.

네 번째는 히타카스[比田勝]에 있는 일본관광공사가 운영하는 면세점이다. 히타카스는 이즈하라에 비하면 한촌이다. 그래도 두 곳이 쓰시마에서는 큰 마을에 속한다. 여기가 부산까지 가장 가까운 49, 5km다. 배로 1시간 10분 걸린다.

다섯 번째 들른 곳은 와니우라 포구 산 위에 있는 한국전망대였다. 대마도의 맨 끝이 된다. 시멘트로 지어진 팔각정자가 세워져 있다. 처마도 짧고 건축미는 볼 게 못된다. 전망은 일망무제, 현해탄 수평선이 광활하게 펼쳐져 있다. 맑은 날은 여기서 부산이 보인다고 한다. 밤이면 부산의 불야성이 손에 잡힐 듯하단다. 아래쪽 산비탈엔 대마도의 상징이기도 한 수천 그루의 이팝나무가 있어서 꽃이 필 때는 눈이 내린 듯 일대가 장관이랬다.

무엇보다 인상적인 것은 전망대 옆에 세워진 조선역관사순란지비(朝鮮譯官使殉難之碑)였다. 1703년(숙종29년) 2월 5일, 정사 한천석을 비롯한 조선역관사 108명이 탄 배가 항구가 보이는 앞바다에서 태풍에 휘말려 난파를 당해 단 한 명의 생존자도 없이 순난을 당한 일을 새겨 세운 비다. 전망대 아래에 탁자와 의자가 있어 거기 앉아 스케치를 한 장 서둘러 했다.

일정의 마지막은 미우라[三宇田]해수욕장이다. 주변에 캠핑장과 온천이 있다고 한다. 아직은 해수욕 철이 아니어서 한적한 풍경이 아담하고 정갈해 보인다. 수석을 닮은 바위가 모래사장에 바짝 붙어 서있고 석부작한 듯싶은 소나무가 어우러져 정경을 만든다. 만에 깊숙이 들어앉아 아늑한 분위기다. 잘 가꾼, 규모가 큰 정원 같다는 느낌도

준다. 맞은편에 멀찍이 떨어져 있는 섬 같은 암석도 허전함을 채워주고 있다. 쫓기듯 스케치 두 장을 할 수 있었다. 화가에게 여행은 숙제이기도 하다.

다시 히타카스항으로 돌아와 버스에서 내리자 귀국하는 배에서 먹을 도시락을 나눠줬다. 출국하는 수속은 간단했다. 배가 출항 전에 배 안에서 점심을 먹었다. 1시 30분에 출발, 2시 40분 경 부산항에 도착, 간단한 수속을 밟고 나오니 3시다.

대마도는 조선시대 임진왜란 전까지는 우리의 영향력이 더 컸던 땅이다. 우리 지도와 일본 지도에도 조선 땅으로 표시되었던 곳이다. 고려에 조공을 바치던 지역이다. 이승만 초대 대통령은 우리 땅이라며 대마도 반환을 주장하기도 했다. 6.25 동란으로 반환 주장이 중단된 후 지금에 이르렀다. 작년엔 한국인 관광객이 18만 명이나 대마도를 찾았다. 더욱 늘어나는 추세다.

오염됨이 없고 개발의 손길이 미치지 않은 대마도다. 주민들도 보기 어렵고 참 조용하다. 차량도 많지 않다. 평화롭다. 선조들의 발자취가 곳곳에 남아있다. 비록 짧은 여행이었으나 대마도를 새롭게 인식하게 되어 의미와 감회가 깊어졌다.

오사카, 교토, 고베, 나라

1

1월 17일 오후 3시에 출발하는 팬스타호를 부산 국제여객터미널에서 탔다. 대한해협을 건너 시모노세키를 통과해 일본 내해인 세토나이카이 해협을 지나 오사카항엔 18일 오전 10시에 도착했다. 19시간의 항해다. 항해 중 밤새도록 비가 내리며 선창을 때렸다. 파도가 커서 배가 영향을 받아 오르내렸으나 멀미를 할 정도는 아니어서 저녁도 잘 먹을 수 있었고 잠도 잤다.

오사카항에 도착하니 구름이 걷히고 햇빛이 비쳤다. 좋은 징조라 여겼다. 첫 번째 관광지는 오사카 시내에 있는 차이나타운 난킨마치였다. 식사한 곳에서 걸어가는데 5분 거리다. 모두 눈구경만 했다. 먹거리가 대종인데 점심 직후이니 구미가 안 당긴다. 아주 작은 화랑이 있어 들어가 봤다. 유화 소품들이 걸려있는데 수준이 높다.

그 다음 일정도 걸어서 십여 분 거리에 있는 고베항 지진 메모리얼 파크다. 94년에 일어난 대지진 참사 현장의 일부를 복구하지 않고 놔

됐으며 공원으로 만들고 추념비등을 세웠다. 공원엔 고베 타워가 상징물로 서 있고 인근엔 쇼핑센터가 있어 자유 시간을 가졌다. 스타벅스가 있어 모처럼 커피다운 커피를 마실 수 있었다.

학생들은 고베로 오는 중에 유니버셜 스튜디오에 들여보냈다. 유니버셜 울타리 앞쪽 화단에서 백매가 핀 걸 봤다. 대부분 봉오리들이고 활짝 핀 건 많지 않았으나 생각지도 않던 장소에서 보게 된 매화는 기분을 상쾌하게 만들었다. 기대 안했던 가외의 선물을 받은 기분이다. 혼자 버스에서 잠깐 내려가 여러 그루의 매화나무를 둘러볼 수 있었다. 느낌이 좋았다.

세 번째는 쿠사츠, 도고온천과 더불어 일본의 삼대 온천 중 하나라는 아리마 온천이다. 온천 주차장 주변엔 동백꽃이 많이 보였는데 겹동백으로 온전한 꽃이 아니라 뭔가 이지러진 듯 거칠다. 온천은 신경통, 피부병, 피로회복에 좋다고 한다. 주차장은 넓었으나 온천 자체는 그리 큰 편이 아니어서 사람들로 북적였다.

샤워실은 수증기로 사람이 안보일 정도다. 실내 열탕에서 몸을 덥히고 노천탕으로 나갔다. 바람이 세게 불고 기온이 차지만 온천에 몸을 담그고 있으니 머리는 시원하고 몸은 따뜻해 묘했다. 예상보다 물이 뜨겁지는 않았다. 어쩌면 이 온천욕 덕분에 무리 없이 4박 5일의 일정을 소화시킨 건 아닌가 귀국한 후에야 그런 생각을 하게 된다.

이것으로 첫날 일정을 끝냈다. 저녁은 자유롭게 먹었다. 에사카에 있는 호텔에 여장을 풀고 일정에 없던 우메다에 있는 스카이빌딩 공중정원 전망대를 가보기로 했다. 전철로 다섯 역을 가야하는 곳으로 6명이 직접 전철표를 끊고 갔다.

스카이빌딩은 우메다역에서 십여 분 걸어야 하는 곳에 있었다. 40층 173미터 높이에 전망대를 만들어 났다. 오사카 야경을 보는 데는 그만이다. 3층에서 35층까지는 엘리베이터를 타고 올라가 다시 에스컬레이터로 5층을 더 올라가게 돼있다. 엘리베이터를 타는 곳엔 이미 수백 명이 통로를 꽉 채우고 있었는데 네 줄로 서서 기다리니 금방 차례가 왔다. 맨 위층은 실내 전망대고 옥상은 난간만 있는 곳이라 어지럼증이 있는 나는 오금이 저렸다.

일행들은 도톤보리로 가서 더 놀다오겠다는데 나는 지쳐서 숙소로 돌아가 쉬고 싶었다. 지인과 둘이 전철을 타고 숙소로 돌아왔다. 이렇게 하루 일정이 끝났다.

2

1월 19일 이틀째 여행 일정은 잘 자고 일어나 호텔 별실 2층 식당에서 아침을 먹었다. 호텔에서 8시에 출발, 교토로 향했나. 교토에 도착해 먼저 들른 곳은 귀무덤[耳塚]이다. 임진왜란, 정유재란 때 왜군이 조선군의 코와 귀를 전리품으로 베어가 무덤을 만들어 났다. 그 숫자가 5만여 개로 기록되어 있지만 실제는 더 많았을 거라고 한다. 길 위쪽엔 호코쿠신사[豊國神社]가 거창하다. 풍신수길을 위한 신사다. 대비가 되며 귀무덤[耳塚]의 초라하고 옹색한 터가 못마땅했다. 순국선열에 묵념을 했다. 신사는 한 발짝도 들여놓지 않았다.

다음 행선지는 여기서 멀지 않은 청수사(淸水寺)다. 일본 이름은 기요미즈테라, 교토에서 가장 유명한 사찰이다. 주차장에서 올라가는 길은 가파른 편이고 양 쪽엔 일본색이 강한 상점들이 줄지어서 손님을 끌었다. 기념품이나 선물용이 주로 진열되어 있다. 사람들이 붐빈다.

청수사는 15미터 높이 139개의 기둥 위에 본당이 세워져 명물이다. 절벽에 터를 잡았다. 못 하나 안 썼다는 그 기법이 견고하고 투박하다. 본당에 이어진 무대(舞臺)에서 바라보는 전망은 일품이다. 교토 시내가 한눈에 내려다 보여서다.

성수(聖水)의 의미로 청수사(淸水寺)란 이름을 얻게 된 오토와폭포가 또한 널리 알려져 있다. 세 줄기로 떨어지는 물을 받아 마시면 장수, 지혜, 사랑에 효험이 있다고 한다. 심한 갈증도 있어서 세 줄기의 물을 다 받아 마셨다. 오히려 세 가지 물을 다 마시면 효험이 없다는 말도 있으나 무얼 바란 게 아니어서 마음에 두지 않았다. 물맛은 좋았다.

적(赤)이나 황(黃)이 아닌 주색(朱色)의 인왕문과 삼층 목탑이 가장 먼저 눈길을 끈다. 입장권에도 삼층탑과 본당 건물이 위 아래로 배치되어 있어서 청수사를 대표하는 상징으로 인쇄돼 있다. 신사가 아닌 고찰에 주칠 건물은 특이한 경우로 보인다.

본당엔 십일면관음보살을 모셨다는데 안보였다. 비불(秘佛)이어서 30년에 한번만 보여준다고 했다. 오토와 폭포에서 입구로 나오는 길은 순도(順道)라고 표현했듯 평지 길이다. 방생지(放生池) 앞엔 십일층 석탑이 있고 대구보선생 필총(大久保先生 筆塚)이란 크지 않은 자연석 석비가 탑 옆에 보였다. 비석뿐이다. 필총이란 걸 본 것은 처음이다. 대구보란 인물이 궁금해진다. 다음에서 검색을 해도 자료가 안 나온다.

다음 행선지는 아라시야마[嵐山] 대나무 숲길과 대숲길에 있는 노노미야[野宮]신사다. 대숲길은 좋았고 시장터 안처럼 사람들이 많았다. 초입에 있는 동백나무에 핀 꽃 한 송이가 시선을 끌었다. 노노미야 신사는 작고 소박했다. 일본 고대문학에 있는 겐지 이야기가 나오는 신사란다. 나는 치쿠린 대숲에 둘러싸인 천룡사(天龍寺)에 관심이 있었다. 여기는 우리 일정에 들어있지 않았다. 가이드의 허락을 받고 몇 명만 입장료를 내고 후문으로 들어갔다.

천룡사 안의 맹종죽 숲이 더 볼 만했다. 복수초도 피어있거나 꽃봉오리가 소복하게 솟아 있는 게 보였다. 명자나무 꽃도 펴있다. 활짝 핀 수선화도 한 무더기 봤다. 핵심은 세계문화유산으로 지정된 교토 3대 명원 중 하나인 소겐치정원[曹源池庭園]이었다. 대방장(大方丈)이란 건물은 컸지만 단정하다. 거기 마루에 앉아서 정원을 바라봐야 제 맛인데 그럴 여유가 없다. 연못가에 노송이 절묘했다. 분재를 확대해 놓은 듯 수형이 멋졌고 그 아래는 정원석이 노송과 조화를 이루며 놓여있다. 더하고 뺄 것이 없는 그대로 한 폭의 그림이 된다. 마주보듯 반대편 연못가에도 연못 안쪽으로 기울어진 노송이 볼 만했다. 이건 전혀 생각지도 않았던 선물이었다.

고태가 서린 나무에 백매가 핀 것도 봤고 경내에 있는 납매라는 키가 큰 홍매가 활짝 피어있는 모습도 봤다. 담장 가에 고태가 풍기지만 키 높이 정도의 반송처럼 생긴 매화나무가 줄지어 서있는데 모두 꽃봉오리가 담뿍 맺혀 있었다. 수형들이 아름다울 뿐 아니라 담장에 비친 그림자가 그대로 훌륭한 필치의 수묵화였다. 실상과 허상의 절묘한 조화에 홀리듯 했다. 실상도 좋았고 허상은 더 좋았다.

접수처 건물에서 정문으로 내려오는 계단 왼쪽에 있는 적송은 키는 크지 않았으나 굵은 둥치가 붉고 오랜 연륜을 말해주며 수세가 훌륭해 눈길을 끌었다. 절을 소개하는 전단에 이 소나무 사진이 있었다. 문제는 시간이 주어지지 않아서 점심 먹을 식당을 가장 꼴찌로 가느라 찾지 못해 한동안 허둥거려야 했다. 그리고 싶은 소재가 천룡사에 참 많아서 아쉬움이 그만큼 컸다.

점심을 먹은 후 오늘의 마지막 일정은 오사카성과 천수각이다. 도요토미 히데요시가 일본 천하를 통일하고 자신의 위세를 과시하기 위해 세운 성이라고 한다. 사방으로 해자를 넓고 깊게 파낸 것도 대단하지만 성벽을 쌓은 거석들이 놀랍다. 30톤~130톤에 이르는 돌들이 진입로 일대에 특히 많이 쓰였다. 어떻게 옮겨왔는지는 미스터리라고 한다. 몸집이 작아서 왜[倭]라 이름이 붙여진 사람들이 초능력이라도 발휘한 모양이다.

오사카성 이웃에 있는 학교 여학생들인지 반바지 반팔 차림에 단체로 성안을 뛰어갔다 나오는 모습을 보며 다들 놀라워했다. 기온이 영하는 아니었으나 꽤 쌀쌀한 날씨인데 과연 우리라면 부모들이 가만 놔뒀겠냐는 말이 나왔다. 유치원 때부터 강인하게 만드느라 한겨울에도 반바지 차림으로 다니게 한다는 다큐를 본 것이 떠올랐다. 우리는 겨울옷을 입고도 춥지만 않을 뿐 따뜻한 상태는 아니었다. 교육환경의 차이라 해도 놀라운 광경이었다. 건강미가 넘쳐보였다.

오사카성을 둘러본 후 도톤보리에 내려주고 자유 시간을 줬다. 저녁은 자유식이다. 사람들로 인산인해를 이룬다. 현대만 그런 것이 아니라 '쿠아다오레'[사치스럽게 먹고 마시다가 재산을 탕진한다는]거리라고 예전부터 불리울 만큼 유래가 깊은 땅이다. 운하 양쪽을 돌다가 호로룰루라는 커피숍을 보고 들어갔는데 마침 운하를 바라보는 창가에 앉을 수 있었고 커피 가격도 착하고 맛도 있어서 모처럼 편안한 시간을 가질 수 있었다. 나이든 사람들은 6시에 온 버스를 타고 숙소로 돌아왔다.

3

1월 20일, 일본에서의 마지막 날이다. 8시 전용 버스를 타고 숙소를 출발해 나라[奈良]로 향했다. 나라 사슴공원과 동대사가 답사처다. 둘은 붙어있다. 고베나 교토와는 가는 길부터 또 분위기가 달랐다. 대숲들이 곳곳마다 많이 보였다. 아담한 마을이며 전답이며 전원의 아늑함이 감돌았다. 교토도 그랬지만 나라의 들판은 넓었다.

나라공원 깊숙이 동대사와 가장 가까운 거리에 있는 주자장에서 내렸다. 바로 옆에 동대사 남대문이 보였다. 주차장 밖에 사슴들이 떼를 지어 있었다. 겨울이라서 그런지 사슴 숫자가 적은 편이란다. 그럼에도 백여 마리가 사람들과 뒤섞여 있는 모습이 보기에 평화롭고 천국 같았다.

사슴먹이를 구입해 주면 많은 사슴이 몰려든다. 뛰는 사슴은 없다. 모두 어슬렁거릴 뿐이다. 인간의 손길이 가서 뛰지 못하게 만들어 놨기 때문이다. 알고 보면 맘껏 뛰놀지 못하는 사슴들이 측은해진다.

동대사 금당과 일직선으로 있는 남대문은 막아 놨다. 왼쪽으로 돌아가 행각 끝에서 입장권을 끊고 들어가게 해놨다. 대문답게 당당한 위용이다. 중국의 건축양식이란다. '대화엄사(大華嚴寺)'란 현판이 걸려있다. 양쪽엔 사천왕상인지 금강역사상인지 조각이 거대한데 망이 쳐져있어 안개가 낀 듯 확연하게 보이지 않았다.

입장권을 받고 회랑으로 들어서면 바로 거대한 대불전 건물이 보인다. 세계에서 가장 큰 목조 건물이다. 처음 지은 건물은 불타고 재건한 것으로 원래 건물의 3분의 2크기로 복원한 것이라 한다. 건물 안에 모셔진 청동대불은 비로자나불로 16미터 크기의 좌불이다. 얼굴만 5미터가 넘는다. 손가락 길이가 3미터다. 크기에 대한 집착은 권력을 강하게 가졌을수록 비례하는 듯싶다. 권력의 과시일 테다. 대불 약간 뒤쪽 좌우엔 사천왕상 중 광목천왕과 다문천왕상이 호위하듯 서있다.

건물 앞에는 청동등롱이 단아한 모습으로 서있다. 이것도 일본 국보이다. 절의 수난에도 원형을 유지하고 있는 초기의 유물이라고 한다. 작은 규모가 아님에도 원체 큰 대불전의 위용으로 아담하게 보인다. 이해하기 어려운건 남대문 밖에 연못이 있고 그 중간에 섬을 만들고 섬안에 축소된 도리이와 신사를 안치해 놓은 게 생경했다. 최대와 최소를 대비시키는 의도는 무엇일까 궁금해진다.

밖에서 보는 것보다 내부로 들어가면 거대한 불상과 더불어 건물의 위용이 더하다. 정면에서 비로자나불을 보고 왼쪽으로 돌면 광목천왕상이 위압적이다. 조각이 빼어나다. 그 뒤로 이월당과 삼월당을 축소해 미니어쳐로 정교하게 만들어 놨고 이어서 홍복사 오중탑도 있다. 또한 손만 있는 거대한 청동조각도 보인다. 광목천왕 반대편엔 다문천왕상이 서있다. 그리고 의외인 것은 대불전 안에 기념품 가게가 줄지어 있는 것이다. 어떻게 불전 안에서 장사를 할 수 있는 것인지 이해가 안 간다. 기둥 하나엔 아래쪽에 구멍이 뚫려있어 그 구멍을 빠져나오면 공부를 잘한다는 설이 있어 아이들이 구멍을 통과하는 모습을 본다.

이월당과 삼월당을 안보면 동대사의 반을 못 본 거라고 유홍준 교수는 문화유산답사기 일본편 2권에서 역설을 해놨는데 아무리해도 시간이 안 된다. 이월당에 있는 십일면 관음보살상은 몇 백 년 동안 공개되지 않고 있단다. 이런 사례가 적지 않은 점에선 참 특이한 나라다.

동대사를 벗어난 가까운 교외에 있는 식당에서 화식으로 조금 이른 점심을 먹었다. 이것으로 일본 관광 일정은 모두 소화했다. 곧장 오사카항으로 향했다. 오후 3시 배를 타게 된다. 세관에서 오래 기다리게 하더니 출국 수속은 초고속으로 이뤄져 좀 황당했다. 배는 제 시간에 출발할 수 있었다. 타고 왔던 팬스타호다. 저녁을 뷔페로 먹고 잠들었으나 새벽 5시경 너울파도에 배의 요동이 커서 깼다. 속이 울렁거려서 아침 식사는 포기하고 말았다.

오전 10시 부산항에 도착했다. 입국 수속도 신속하게 이뤄져 금방 나올 수 있었다. 출국 때 보았던 국제여객터미널 앞의 동백꽃은 강추위에도 여전한 모습이어서 반겨주는 듯 했다. 터미널에서 일행들과 작별, 네 명만 따로 점심을 먹고 남포동에 있는 대각사에 들렀다. 용두산 전망대가 가까이 보였다. 일제 때 일본절이었다는데 해방 후 성철스님을 비롯해 한국을 대표하는 고승들이 대각사에서 찍은 단체사진이 보였다. 큰 법당에 관음, 약사, 지장, 석가모니, 비로자나불 등 여러 부처님을 함께 모셔놨는데 장엄했다. 천장의 단청과 불화들이 인상적이다.

이렇게 여행의 대미를 마무리했다. 일본을 다녀오고 일본인이 세운, 도심 한가운데 자리한 일본색이 싹 지워진 우리 절에서 여행의 끝맺음은 의미가 있지 않은가. 대각(大覺)이 아닌 소각(小覺)이라도 고맙다.

캄보디아

5월 11일, 인천공항에서 에어 서울에 탑승, 오후 7시 15분 이륙해 5시간 15분을 비행하여 캄보디아 씨엠립 국제공항에 착륙한 것이 10시 40분이다. 한국과는 2시간의 시차가 있다. 항공기에서 내려 공항 건물까지 걸어 들어갔다. 단층 건물로 그들 고유의 건축미가 담겨있다. 후끈한 열기가 가장 먼저 맞아준다. 반갑지 않았다. 입국 수속을 밟는데 직원이 한국말로 지시를 했다. "오른손 네 손가락" "엄지" "왼손 네 손가락" "엄지"란 말이 또렷하다. 수하물까지 찾아서 공항 밖으로 나가니 관광가이드가 기다리고 있었다. 우리 일행 8명과 다른 일행 10명이 한 팀을 이뤄서 관광을 같이 하게 된다. 비가 내렸다. 시내까지 들어가며 불빛이 많지 않아 대체로 어둡다는 인상을 받았다. 이 나라 전기 사정이 열악한 편이라는 말을 호텔에 도착해 들었다. 깊은 밤이건만 열기는 식을 줄 몰랐다. 호텔 객실엔 에어컨이 가동되어서 쾌적했다.

올해의 해외여행은 원래 목표가 백두산이었다. 사드 문제로 한중관계가 미묘해지면서 방향을 바꾼 것이 캄보디아다. 이 나라에 관해서는 앙코르와트와 킬링필드 정도만 상식적으로 알고 있었다. 킬링필드 영화를 봤지만 하도 오래되어 내용이 가물거린다. 잔인하게 수백만 명을 학살했다는 것만 기억에 남아있다. 역사며 문화엔 무지한 상태로 갔다. 다녀온 후에야 검색을 통해 근, 현대사를 훑어봤다. 폭풍우 같은 현대사로 점철되어 있어 지금의 평화가 경이롭게 보인다. 이웃나라 베트남과 갈등이 깊었고 현재 진행형이다. 베트남 전쟁으로 인한 피해도 극심했다. 널리 알려지지 않은 수난과 피해다. 유명 관광지엔 한국인들이 압도적으로 많았다. 저들이 필요해 간단한 한국말을 어디서나 들을 수 있다. 묘한 기분이었다. 60년대, 70년대 초반 우리의 모습을 거기서 다시 볼 수 있었다. 그들의 지금 모습을 흑백으로 찍어와 보여준다면 과거의 우리 생활 모습이 생생하게 담겨있다고 할 터이다. 무질서 속의 질서가 거부감보다 친근감으로 와 닿는 이유이겠다. 그 정도는 아니지만 비슷하게 겪었다.

5월 12일, 호텔 식당에서 뷔페식으로 아침식사를 하고 가까이 있다는 재래시장을 5분 정도 걸어가 구경했다. 숨이 막힐 만큼 뜨거운 열기에 과연 여행을 잘 마칠 수 있을지 걱정이 들 정도다. 시장은 미로 같았고 통로는 좁았다. 그럼에도 현지인들의 모습은 활기찼다. 도로는 차보다 오토바이가 많았다. 택시는 안 보였고 앞은 오토바이에 사람 넷이 마주보고 탈 수 있는 툭툭이가 택시 역할을 대신하는 것 같다. 그늘에서 더러 부는 바람을 맞으면 그래도 열기를 견딜 만했다. 오전은 자유시간이다. 시장의 푸줏간도 냉장고 없이 영업을 한다. 열대 과일이 눈길을 끈다. 가전제품은 가정에도 거의 보급되어있지 않다. 호텔엔 티브이며 소형 냉장고에 금고까지 다 설치되어 있다. 양식 욕실에 더블침대다. 객실 밖 복도나 로비도 열탕이다.

점심 후 박쥐공원과 그 옆에 있는 절을 둘러봤다. 절은 연꽃 공양이 대세다. 부처님 입상이 두 분 있는데 광배가 업소의 전광판 같은 시설로 되어있어 이채로웠다. 법당 밖 회랑엔 앉거나 누운 사람들이 많았다. 참배를 했다. 캄보디아 민속촌 관람, 밀랍박물관부터 봤고 소수민족촌의 공연 두 가지를 감상. 태국과 춤이나 의상이 비슷하다. 공연의 내용은 고유의 것이라기엔 진부한 편이다.

캄보디아 전신마사지를 두 시간 받았다. 전심전력을 다해서 감동을 받았다. 저녁을 식단이 다른 한인식당에서 먹고 야시장을 가봤다. 인산인해다. 지팡이 모양의 아이스크림을 맛보고 시장 안에 들어가 캄보디아 전통의상의 하나인 배기바지를 하나 구입했다. 부르는 값의 반으로 샀다. 여기서도 옷가게 주인의 한국말을 들었다. 기본 흥정이 가능한 정도다. 상인들 대부분이 이런 정도는 되는 듯하다. 가격만 달러로 말하고 그 외는 모두 한국어다. 그만큼 한국 관광객이 많이 다녀가서 익힌 솜씨이겠다. 팔기 위해 능동적이고 열정적이다. 덥기는 하지만 땡볕은 많이 받지 않고 그늘을 이용해 다니며 견딜 만했다.

5월 13일, 둘째 날은 아침식사를 한인식당에서 먹고 툭툭이 타고 앙코르톰 관광, 거대한 사원들이 여러 곳에 분산되어 있다. 툼 레이더 영화를 찍어 유명해진 곳으로 타프롬 사원이 있다. 스퐁나무가 지붕서부터 건물을 뒤덮고 있는 게 인상적이다. 담장은 라크라이트라는 홍토를 이용한 벽돌로 쌓았고 사원의 안쪽 또한 홍토 벽돌로 쌓고 바깥쪽은 사암이라고 한다. 말이 벽돌이지 그 단단함이 그대로 돌이다. 화산석처럼 구멍이 골고루 뚫려있는데 콩을 넣고 반죽한 후 햇볕에 말려 만든다. 시간의 의해 콩이 썩으며 생긴 공간으로 거대한 석조구조물의 무게를 분산시켜주는 역할을 한단다.

이 사원을 나와 다음 문둥이왕 테라스까지 거대한 나무가 있는 숲길을 걷는 중간 지점에 악사들이 십여 명 평상 위에 앉아 민속악기로 아리랑을 연주했다. 헌금통이 앞에 있다. 한국관광객이 많다는 증좌를 여기서도 본다. 거리가 멀면 툭툭이를 타고 이동했다. 달릴 때는 시원한 바람 덕분에 상쾌하며 더위를 잠시 잊을 수 있었다. 코끼리테라스, 래피앙테라스, 바투온 사원을 거쳐 앙코르의 미소라 일컫는 바이욘 사원을 둘러봤다. 54탑에 216개의 부처상이 탑마다 사면에 새겨져 있는 사원이다. 사원 주변엔 코끼리가 관광객을 태우고 다녔다. 앙코르왓과 더불어 가장 많이 알려진 캄보디아의 상징인 곳이다. 부처님의 얼굴은 크메르인의 모습이다. 이목구비가 다 그렇다. 오르락내리락이 힘겹다. 석조건물은 달궈져있어 손을 대면 뜨거움이 느껴진다. 인간의 능력은 헤아리기 어렵다. 열대 기후에 가장 무거운 돌로만 세운 거대한 사원이라니 엄청나다.

앙코르왓은 앙코르톰과는 상당한 거리로 떨어져 있어 버스로 이동했다. 앙코르톰이 밀림에 있다면 앙코르왓은 넓은 해자 때문에 그늘이 거의 없다. 석조건물 주변만 빼고는 모두 폭이 2백 미터가 되는 해자로 둘러싸여 있다. 앙코르왓은 세계 7대 불가사의로 불린다. 긴 회랑 대형 벽면에 전쟁을 역동적으로 묘사한 수많은 인물이 빈틈없이 등장하는 부조가 유명하다. 아웃터갤러리로 불린다. 인물이며 무기, 전차, 코끼리 같은 동물도 보인다. 손길이 많이 닿은 부분은 윤이 난다. 티는 안냈으나 몸이 가장 힘들었다. 이러다 일사병으로 쓰러지는 건 아닌가 불안감까지 생길 정도다. 숲과 식당, 기념품 상점이 있는 곳에서 쉴 수 있어 견뎌낼 수 있었다. 코코넛으로 갈증을 달랬다. 가파른 계단을 올라 가장 높은 탑에 오르는 걸 포기하며 스케치 한 장을 할 수 있었다. 사방의 전망이 좋은 건 찍어온 것을 보며 간접적으로 충족했다. 규모가 원체 크기에 전모를 본다는 건 시간이 부족해 일부만 보는 일정이다. 시간이 넉넉해도 체력이 따라주지 못한다. 버스 세워놓은 곳까지 돌아오는 길은 뜨거운 햇빛과 무더운 대기로 인해 멀고도 멀었다. 탈진 지경이 되어서야 버스에 올라탈 수 있었다. 버스 안은 에어컨이 빵빵해 시원하다. 3일의 일정 중 가장 힘든 고비였던 듯하다. 캄보디아를 선택한 핵심 대상이기도 했다.

저녁은 극장식 뷔페 식당에서 압살라 민속공연을 보며 먹었다. 식사 후 스마일 오브 앙코르쇼를 봤다. '앙코르의 미소' 앙코르 고대사를 무용극으로 엮어낸 공연이다. 캄보디아 전통춤 모두를 등장시킨다. 이미 상해에서 송성 가무쇼를 본 입장에서는 감흥이 적었다. 규모며 조명, 배경, 배우들의 연기가 다 그랬다. 한국어 자막이 곁들여졌다. 극장과 가까이 있는 캄보디아인들이 주로 이용하는 포장마차촌(야시장)

같은 곳을 더 들렀으나 지인과 나는 버스에서 쉬었다. 빈터에는 가족 동반으로 더위를 피해 여기저기 많이 나와 있었다. 소박한 야시장이다. 전날 갔던 야시장은 점포를 갖춘 현대화된 화려한 시장이어서 대조가 된다. 이렇게 이틀째 관광을 끝냈다.

5월 14일, 왓트마이는 씨엠립의 작은 킬링필드라 불리는 장소로 학살당한 유해를 탑으로 만들어 봉안하고 있는 절이었다. 1970년대에 3년 7개월간 2백만 명이 크메르 루즈 정권에 희생당했다. 캄보디아 현대의 가장 큰 비극이다.

점심을 먹고 버팔로 투어에 나섰다. 캄보디아는 물소들이 많았다. 특히 흰 소들이 교외로 나가면 자주 눈에 띄었다. 불교국가라고 흰 소에 특별한 의미를 두고 있지는 않단다. 한국인들이 후원하는 농촌마을공동체로 가서 물소가 끄는 달구지를 타고 동네를 한 바퀴 돌았다. 소의 고삐를 잡은 현지 농민이 지나가며 보이는 사탕수수며 바나나, 망고나무 등 다양한 사물을 한국말로 설명해 줬다. 주민이 사는 집안도 둘러볼 수 있었다. 야자나무 잎으로 지붕과 벽을 막았다. 바닥은 대나무를 쪼개 엮은 자리를 깔았다. 극도로 간소하다. 가구가 거의 없다. 큰 원두막 형식이다. 아래층은 비어있고 위에서 산다. 우기의 습기 때문이란다.

아시아에서 가장 크다는 톤레샵 호수로 향했다. 가는 길은 평야가 펼쳐지고 연꽃이 가득한 연밭이 드넓게 자리 잡고 있었다. 관광 상품으로 삼을 만할 정도다. 호수에 가까이 가서야 처음이자 마지막으로 섬같이 홀로 서있는 산을 볼 수 있었다. 선착장에서 통통배를 타고 수로를 통해 삼십여 분 나가자 바다 같은 호수와 그 위에 늘어선 수많은 수상가옥을 볼 수 있었다. 통계를 잡을 수 없지만 15만 명 정도로 헤아린다 했다. 호수 위에 주민들은 베트남 사람들이랬다. 쪽배로 바꿔 타고 돌아보았는데 사는데 필요한 모든 것이 있었다. 구멍가게며 당구장, 미용실, 이발소, 쪽배 사공이 한국말로 설명을 해줬다. 뭔가 달라고 헤엄쳐 오는 아이들한테는 베트남이라고 아무것도 주지 말란다. 그 이유는 돌아와 간추린 현대사를 보고서야 이해할 수 있었다. 베트남과의 불화는 과거로부터 비롯돼 현재 진행형이다. 수상가옥 사이에 폐자재를 이용해 만들어 놓은 떠있는 화단이 가끔 보였고 눈물겨웠다.

저녁식사 후 두 번째 전신마사지를 2시간 받았다. 이것이 마지막 일정이다. 공항에서 수속을 밟고 서울에어에 탑승 밤 11시40분에 이륙했다. 마지막 날은 더위가 덜했다. 거대한 돌건축물이 무수한 캄보디아 어디를 다녀도 공깃돌만한 돌멩이도 안보인건 수수께끼다. 고운 적토가 전부였다. 톤레샵 호수로 나가는 수로 양안의 단면도 마찬가지였다. 표면만 돌이 없는 게 아니라 땅 속도 돌이 안보였다. 버팔로 투어로 농촌을 돌며 밭을 살펴봐도 돌은 전혀 안보였다. 도시든 농촌이든 아이들이 많은 건 캄보디아의 미래가 밝다는 것으로 보였다. 약동하는 기운이 느껴졌다. 사람들 표정이 밝았고 낙관적인 듯하다. 낙토가 되기를 바란다. 불교국가의 단면을 볼 수 있어서 뜻 깊은 여행이었다.

중국 청도

5월 12일 오전 9시 반, 아시아나를 타고 중국 청도 여정에 올랐다. 어쩌다 지난 이틀은 잠을 못잔 상태이다. 우리 일행은 8명. 중국 청도는 인천에서 1시간 반이면 닿았다. 현지 도착시간은 우리가 인천서 출발한 시간과 거의 비슷했다. 여행사 가이드가 기다리고 있었다. 우리 외에 두 사람이 더 포함돼 25인승 버스에 10명이 탔다.

첫 일정은 청도시박물관, 중국 국가 1급 박물관이란다. 이 박물관보다는 옆에 있는 금석박물관(金石博物館)에 더 관심이 갔지만 내색은 하지 않았다. 나 하나로 바꾸게 할 것도 아니어서다. 청도박물관은 1965년에 설립되었고 소장품은 10만점이 넘는다고 한다. 1층 로비에 전시된 현대수묵화만 보고 기념품점에서 '청도시 박물관 문화재 소장'이란 한글번역판 책 1권과 붓을 4자루 구입하는 것으로 끝내고 내부는 들어가 보지 않았다. 주마간산식으로는 체력만 탕진될 게 뻔해서다. 일행은 3층까지 있는 전시실을 빠르게 둘러보고 나와서 내 예상이 맞았다. 미세먼지가 뿌옇고 기온이 높아 움직이면 땀이 흘렀다.

최근에 만들었다는 바닷가 5.4광장을 둘러보고 팔대관을 거쳐 소어산을 올랐다. 팔대관(八大觀)은 해안이 팔(八)자 모양이어서 붙은 지명이란다. 10분밖에 시간을 안줬다. 해안 풍경이 그림 같았다. 여기서 좀 머물렀다면 스케치를 했겠다. 소어산은 전망대로 최고였다. 유럽에 와 있는 듯 주변이 유럽풍 건물로 꽉 찼다. 집집마다 오래된 오동나무가 꽃이 만개해 있고 등꽃도 절정이어서 인상 깊었다. 잔교까지 갔으나 사람이 인산인해라 멀리서 보기만 하고 커피숍에 들어가 커피를 마시고 잠깐 쉰 후 돌아섰다. 오후에는 스카이 스크린시티와 맥주박물관에 들렀다.

이틀째, 아침은 호텔 1층에서 뷔페식으로 먹었다. 첫 일정은 찌모루시장으로 한국의 동대문시장과 같은 곳이란다. 영업이 안돼서 장사하는 곳보다 안하는 곳이 더 많았다. 여기서 한국인을 상대하는 식당이 있어 커피를 참 맛있게 마셨다. 이곳 지명이 즉묵(即墨)인듯 간판에 많이 보인다. 두 번째는 여기서 멀지않은 피차잉웬[劈柴院]으로 먹자골목이다. 배부른 상태니 구경만 했다. 세 번째가 옛 독일총독 관저다. 영빈관으로도 불린다. 여기도 관광객이 몰려있다. 모택동이 묵었다는 방도 있다. 둘러보고 나와 후원에서 쉬다가 주변에 백송(白松)이 십 여 그루 있는 걸 보고 보물을 만난 듯 기뻤다. 모두 반송처럼 밑둥에서 여러 갈래로 나온 형태인데 거목은 아니지만 어린 나무들도 아니었다. 수세가 좋았다. 건물 앞의 설송(雪松)도 두 그루 아름드리가 넘는 거목으로 위풍당당했다. 숲속의 저택이다. 어제와는 달리 여유 있게 다녔다.

점심은 역시 한식 경회루에서 삼겹살을 먹었다. 식당 주변은 수백 개의 중국차[茶]전문 상가이다. 식당 맞은편 가게에 들어가 보이차와 뜨거운 찻물에 피어나는 꽃이 예술 같은 국화차를 시음했다.

식사 후 전신 마사지와 발마사지를 받았다. 걸려있는 서화며 시설이 고급스러웠다. 평생 제대로 된 마사지는 캄보디아에서 받고 두 번 째가 된다. 방식은 좀 달랐는데 잘 받았다는 생각이다. 발마사지 할 때는 통증이 상당했다. 그만큼 내 발 상태가 안 좋다는 증좌다. 마사지 받은 후 발 상태가 많이 편해진 걸 느낄 수 있었다.

마지막 일정은 해천만 마술무용공연이다. 파도가 힘차게 밀려들고 바다가 장쾌했다. 공연을 보는 중에 몇 번 졸을 정도로 큰 흥미를 주지 못했다. 내 눈높이가 높아서다. 저녁은 샤브샤브, 우리 일행이 지난지 한참 되는 내 생일을 축하한다고 케이크를 준비해서 축하를 해줬다. 생일을 혼자 평일처럼 보냈었다. 그게 마음에 쓰였던 모양이다. 고마웠다. 이날도 호텔로 돌아와 죽은 듯이 잘 잤다.

아침에 호텔서 어제처럼 식사를 하고 가이드의 요청으로 내 팸플릿에 서명을 하고 같이 기념사진도 찍었다. 오전 10시 반 비행기를 탔다. 올 때처럼 아시아나다. 인천공항엔 오후 2시경 나왔다. 일행과 작별을 하고 곧장 춘천으로 향했다.

시와소금 산문선 · 015

다시, 발산리에서

ⓒ최영식 산문집. 2019 printed in Seoul, Korea

초판인쇄 | 2019년 12월 10일
초판발행 | 2019년 12월 15일

지은이 | 최영식
펴낸이 | 임세한
디자인 | 유재미 정지은

펴낸곳 | 시와소금
등 록 | 2014년 01월 28일 제424호
발 행 | 춘천시 충혼길 20번길 4, 시와소금 (우-24436)
편 집 | 서울시 중구 퇴계로50길 43-7 (우-04618)

전자주소 | sisogum@hanmail.net
구입문의 | ☎ (070)8659-1195, 010-5211-1195

ISBN 979-11-6325-000-

값 : 13,000원

강원문화재단
Gangwon Art & Culture Foundation
• 이 책은 2019년 강원도 강원문화재단 후원금으로 제작되었습니다.